ラムネの泡の記憶

あの青い空とあいつの笑顔が忘れられない。
記憶なんて曖昧で朧《おぼろ》なものだ。喩《たと》えるならラムネの泡。淡い炭酸。時間が
てしまうもの。
だからもう「それ」が具体的に、いつ、どういうシチュエーションかな
覚えていないんだけれど。
それでも、あの空と笑顔のことは、今でも鮮明に思い出せる。
ソーダを連想させるような、爽やかに晴れ渡った空。その下に一面のひ
鮮やかな黄色の中で白いものが揺れる。雲——違う。ひらり、ひらりと
は、あいつのワンピース。
「そうちゃん、すごい、すごいね！　ひまわりいっぱいで、きれーい！」
当時の俺達《おれたち》は、小学生。たしか三年生くらいだっただろうか。
「はしゃぎすぎ。あんま走って転ぶなよ」

夏休みの小学生にしては冷めた発言は、大人ぶりたかった俺のものだ。背伸びをしてかっこつけたかった、単なる子ども。

「えーっ、だってだって、こんなに綺麗《きれい》な景色なんだよ⁉　むしろ、なんでそうちゃんがはしゃがないのかが謎だよ⁉」

ほらー、ほらほらー、と、あいつ——幼馴染《おさななじみ》の一陽《かずひ》は、両手をめいっぱいひろげ、「すごいよ！」「綺麗《きれい》だよ！」と、無駄にくるくる回りながら全力でアピールしてくる。

「おい、ちゃんと前見ろよ！　そんなはしゃいでっと転ぶっての——」

「わっ！」

「うっわ！」

言ってる傍《そば》から、踊るように回転していた一陽《かずひ》は、足をもつれさせ派手に転んだ。俺はすぐさま駆け寄り、手を差し伸べる。

「大丈夫かよ、一陽《かずひ》！」

「えへへー」

思いっきり転んだというのに、一体全体何が楽しいというのか、一陽《かずひ》は嬉《うれ》しそうに微笑《ほほえ》んでいる。

「……おまえって。いつも笑ってるよな」

不思議に思って、口にしていた。

だってこいつは本当に、いつだって笑っているから。一緒に遊んでるときか、お菓子食ってるときとかはまあ、わかる。けど、一緒に掃除してるときとか、宿題してるときとか。「今別に笑うような状況じゃなくね？」ってときだって。一陽《かずひ》はいつも、幸せそうに笑顔でいるんだ。

「んー、そうかな？　でもそれは、そうちゃんがいるからだよ」

「は？」

そうちゃん、というのは俺のことだ。でも、なんでここで俺の名前が出る？

「……あのね。そうちゃんがいるから、私は、毎日楽しいの。私が笑ってるのは、そうちゃんが傍《そば》にいてくれるから！」

ざあっと、風が抜けてゆく。周囲のひまわりと、一陽《かずひ》の白いワンピース、そしてブレスレットの代わりのように手首に巻かれたリボンを揺らしながら。

幼馴染《おさななじみ》。青空。ひまわり畑、白いワンピースに麦わら帽子。絵に描いたような「夏の思い出」。あまりにもできすぎているから、まるで蜃気楼《しんきろう》のようで。本当に現実だったのか、実は俺がみた夢か何かだったんじゃないか、なんて思ってしまうけど。

「だから、明日も、明後日《あさって》も。ずっとずっと、一緒にいてね」

記憶に残るあいつの笑顔は、夢なんて言葉では片付けられないほど、光に満ちていた。

一陽《かずひ》は麦わら帽子をぎゅっと深くかぶり直し、帽子の鍔《つば》で、日焼けのせいなのか、それともそれ以外の要因なのか、微《かす》かに赤くなった自分の顔を隠すようにして。

だけど、その下からとびきりの笑顔を覗《のぞ》かせて——言った。

「大好きだよ、そうちゃん」

輝き、弾《はじ》けるような笑顔。俺はこんなこと言うの、本当に、ガラじゃないんだけど。でも、思ってしまったんだ。

——夏を、丸ごと閉じ込めたような笑顔だ、って。

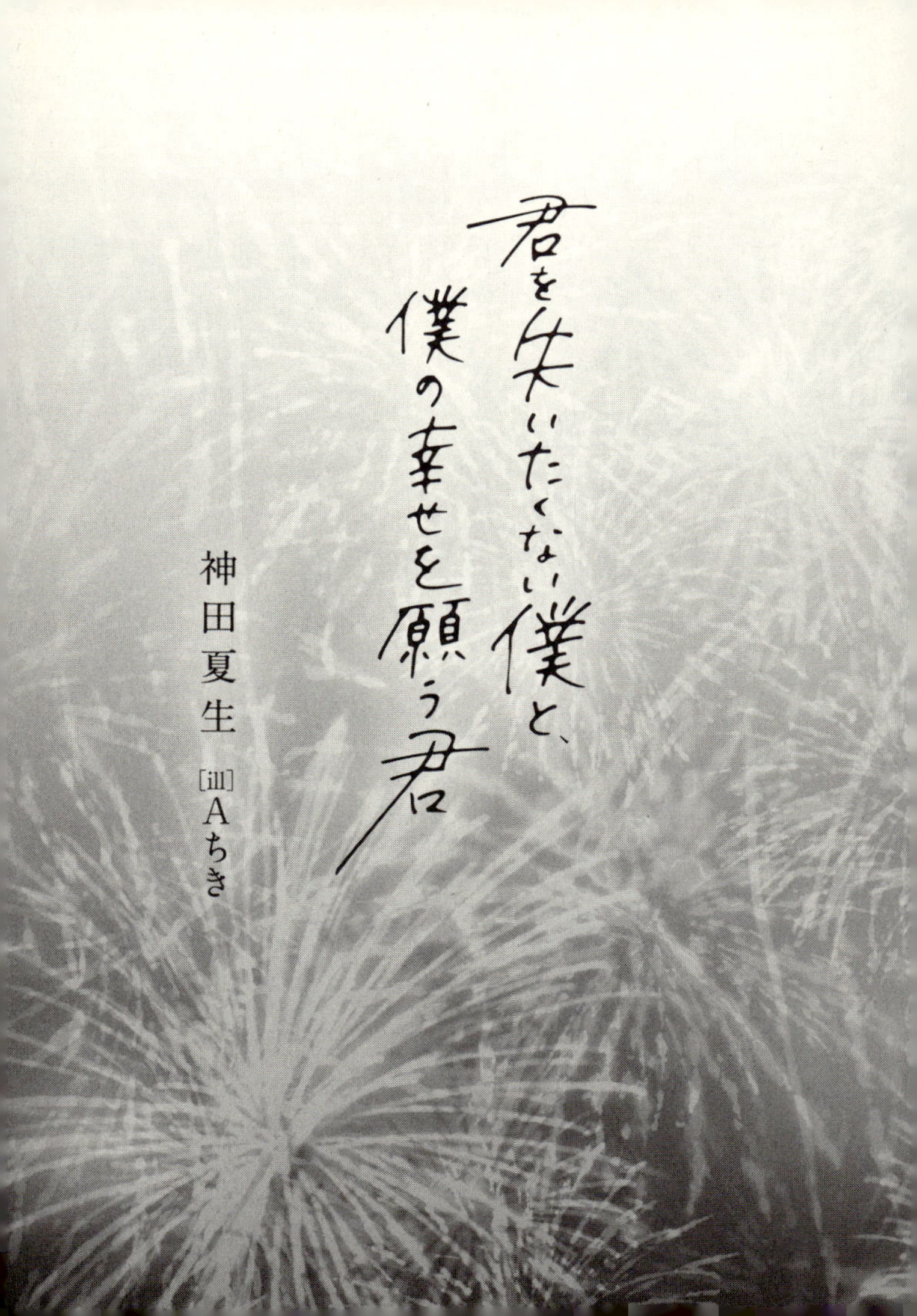

君を失いたくない僕と、僕の幸せを願う君

神田夏生

[ill] Aちき

夏の始まり

代償、というものがある。

何かを手に入れるためには、何かを犠牲にする必要があるのだ。

それをわかっていながら、人間は失敗と後悔を繰り返す。後で大きな対価を支払うとわかっていても、目の前の誘惑に抗《あらが》えない。

つまりは、どういうことかというと。

人間は、布団《ふとん》の誘惑に抗《あらが》えない。

二度寝してしまえば、優雅な登校風景を捨て、遅刻寸前のダッシュ登校になってしまうのだとわかっていても！

「走れ――――――――――っ‼」

「そっ、そうちゃん、走るの速いよーっ！」

通学路をダッシュする、俺・晴丘蒼《はるおかそう》と、幼馴染《おさななじみ》・天ヶ瀬《あまがせ》一陽《かずひ》。

髪はボサボサ、汗はだくだく、息は切れ切れで、さんざんな登校風景である。いや、俺は自《じ》業自得《ごうじとく》なんだけど。

「も、もう無理だよそうちゃん……私のことは、置いてっていいから……」

「諦めんな一陽《かずひ》、ほら、手ぇ出せ！」

息を切らしてペースを落とす一陽《かずひ》の手を摑《つか》み、引っ張って走る。始業のチャイムが鳴るまでに、なんとしてでも教室に駆け込むために！

学校までもうすぐだが、始業ももうすぐ。一秒一秒が時間との戦いだ。

必死で一陽《かずひ》を引っ張ってダッシュしながら、俺は思う。

これほど色気のない手の繫《つな》ぎかたもなかなかないよな——と。

「あ〜……今日もなんとか間に合ったな……」

始業三分前。俺達《おれたち》の通う高校の、自分の席にて。下敷きをうちわ代わりにして扇《あお》ぐものの焼け石に水で、止まる気配のない汗がだくだくと流れ続ける。

なお俺の隣の席の一陽《かずひ》は、まだ息が乱れたまま。走ったせいで火照《ほて》っているのだろう、頰が赤い。

「大丈夫か、一陽《かずひ》」

家を出るとき、バタバタしながらも冷蔵庫から鞄《かばん》にぶち込んでおいた、水の入ったペットボトルを一陽《かずひ》の頬にあててやる。

「ひゃうっ」

ペットボトルを頬にあてた瞬間、一陽《かずひ》は変な声を出して驚いたが、すぐ気持ちよさそうに頬ずりし、しばらく冷たさを堪能《たんのう》した後、くぴくぴと中の水を飲む。

「あのさ。何度も言ってるけど、朝いちいち俺のこと待たなくていいから。先に登校してろって」

「え？　でも、せっかく家が隣同士で高校も同じなんだから、一緒に学校行きたいよ！」

「何度も遅刻寸前のダッシュに巻き込まれといてよくその台詞《せりふ》言えるな……。あのな、俺一人だったら、遅刻しそうでも自転車使えばいいだけだし、どうとでもなるんだよ。でもおまえがいると、ちょっと早く起きないといけないだろ」

「全然早く起きてないよぉ、今日もギリギリだったし」

「……三日に一度はちゃんと早く起きてるぞ」

これでも一応、一陽《かずひ》のことを考えてはいる。毎朝走らせてしまうのは忍びないから、ちゃんと起きようと努力はしているのだ。……まあその努力が実を結ぶのは三日に一度なんだが。

ちなみに自転車に関しては、別に一陽《かずひ》が自転車に乗れないってわけじゃない。ただ、制服がスカートという点が問題だ。風でスカートがビラビラして、目のやり場に困る。

スカートでも多分しっかり挟むなりすりゃあんまりめくれないんだろうけど、こいつはそういう注意が足りない。以前、ちゃんと挟み忘れてパンツ丸見えになっているのを見てしまって以来、こいつは絶対ズボンのとき以外自転車に乗せてはいけないと思った。

「そうちゃん、起きるのは早くないけど、足は本当に速いよね。最近、また走るの速くなった？　もう全然追いつけないよ〜」

「おまえが遅くなったんじゃね？」

「おっ、遅くなってませんーっ！」

そうだろうか。俺からしたら、そんな感覚なんだけど。

昔は、体力とかそんな違いを感じることなかったけど。でも年月とともに身長差ができて、こいつが小さく感じるようになった。身長だけじゃなく、手とかも。引っ張ってて、小せえなって思うんだよな。

そんなことを考えつつ、あらためてじっと一陽《かずひ》を見つめる。

華奢《きゃしゃ》な体、白い肌。くりっとした大きな目はふんわりと垂れ気味。

柔らかい髪を、耳の下で緩く二つに結んでいて、一陽《かずひ》がきょろきょろと首を動かすたび揺れる。俺はそれを見てると、たまに無性にわしゃわしゃしてやりたくなる。

あれだ、小動物チックなんだ、こいつ。なんかふわふわした雰囲気で、ちょこまかとよく動いて（そのぶん、転ぶことも多いけど）。疲れてるときに見ると、妙に頭とか撫《な》でたくなるんだ、うん。

「……そうちゃん？　どうしたの？　じっとこっち見て……」

俺がときどきこいつに触れたくなる理由は、小動物みたいだから——だけど。

俺にとってこいつは「幼馴染《おさななじみ》」で「妹みたいな奴《やつ》」でも。他の男子は一陽《かずひ》のことを「可愛《かわい》い」と言う。「彼女じゃないなら紹介して」と。

確かに俺と一陽《かずひ》は恋人じゃない。だから別に、「紹介して」って言われても明確に断る理由はない。ないんだが——

「でも俺に彼女がいないのに、おまえにだけ彼氏ができるのは面白くないだろ」

「いきなりなんの話⁉」

「俺にもおまえにも恋人がいないって話に決まってんだろ」

「今までそんな話、一ミリもしてなかったよね……？」

そこで一陽《かずひ》は、なぜかちょっと不安げな目で、恐る恐るというように尋ねてきた。

「……そうちゃん、彼女ほしいの？」

「ほしいかほしくないかの二択なら、そりゃあほしいに決まってる」

「そ、そうなんだ……」

「おまえはどうなんだ。全然浮いた話ないけど、おまえでも彼氏ほしーなーとか思ったりすんの？」

なんとなく、こいつにはそういうイメージがない。昔から、クラスの男子や芸能人に関して、かっこいいとか付き合いたいとか聞いた覚えもないし。

「俺みたいなのと一緒にいたら、いつまでも彼氏できないんじゃねーの」

柔らかな雰囲気の一陽《かずひ》と違い、自分で言うのもなんだが、俺は無愛想《ぶあいそう》なタイプだし、友人だって、昔からつるんでる奴《やつ》が一人いるくらいで、そんなに付き合いがいいとはいえない。しかもその一人の友人というのは、かなりの変人だし。

「一陽《かずひ》は俺と一緒にいるの、嫌じゃないのか」

「えっ、どうして？　嫌なわけないよ！　むしろその……いいよ！　とっても、いい！」

「いい、って。なんだそれ」

「だって、本当に、全然嫌じゃないもん。そうちゃん、優しいし」

「ほう。毎朝全力疾走させるような奴《やつ》が優しいか」

「三日に一度は早く起きてくれるし」

「三日に一度くらいの頻度で騙《だま》されてんじゃねえよ。そんなんで優しい男ぶってる奴《やつ》はろくな奴《やつ》じゃねえぞ」

「さっき自分で言ったんでしょ！」

くだらないボケとつっこみ。長年の付き合いで、気安い仲だからこそできるやりとり。

「……そ、そうちゃんは、優しいよ。私、そうちゃんがいつも頑張ってるの、知ってるもん。……そうちゃんが朝眠いのは、おうちのこと手伝ってるからでしょ」

「…………」

うちの親は定食屋を営んでいて、俺はちょくちょく店で配膳とか皿洗いとか、諸々《もろもろ》の手伝いみたいなことをしている。

とはいえ別に、親孝行ってわけでもないんだが。そうやって手伝いをすれば、バイト代として小遣い稼ぎになるし。

しかし一陽《かずひ》は、俺が善意で家の手伝いをしていると思っているのか、やけに温かな眼差《まなざ》しを向けてくる。

「そ、それに……朝走るとき、たまにそうちゃんが手を引っ張ってくれるのは、う、嬉《うれ》し……」

「おっはよーう、蒼《そう》、一陽《かずひ》ちゃん！」

ごにょごにょと何か言っていた一陽《かずひ》の言葉は、重なってきた、無駄に活《い》き活《い》きした声でかき消された。

「何々？　何話してんの？　僕も交ぜて！　ってかなんでもいいや、それより見てよコレ！　じゃじゃーん」

無駄に明るい声の正体。顔を輝かせて元気に石コロを掲げるのは、俺の親友――の、はずなんだが。

どう見てもただの石コロでしかないものを、嬉々《きき》として見せてくるうざったいドヤ顔を見ていると、親友という概念をぐしゃっと丸めた拳で殴り飛ばしたくなる。

「聞いてよ蒼《そう》、これすごいんだよ！　この前通販で買ったんだけど、なんと願いを叶《かな》えてくれる石なんだって！　すごくない⁉」

「そうかそうかすごいな今すぐクーリングオフしてこい馬鹿野郎」

「流れるような罵倒！　なんで⁉」

「そんなもん見せびらかしてなんで罵倒されてんのかもわかんねえおまえの脳味噌《のうみそ》がすごいわ！」

俺のつっこみにぶーぶーと口を尖《とが》らせているのは、俺のもう一人の幼馴染《おさななじみ》にして、認めたくないが一応親友の男、草間《くさま》葉介《ようすけ》。今の短い会話だけでもうわかっただろう。この男、馬鹿である。

「なんでそんなわけわかんねーもんに金を使うんだおまえは！　無駄遣いにもほどがあんだろ、そんなに金をドブに捨てるのが好きか！」

「失礼だな、ドブなんかじゃないし！　いいかい蒼《そう》、僕は夢を買っているんだよ！　イッツアドリーム！」

「夢は買うものじゃねえ、自らの手で摑《つか》み取《と》るもんだ」

「えっ何そのかっこいい台詞《せりふ》ずるい！　いやでも聞いてよ蒼《そう》、通販の紹介ページにさ、この石には悪魔が宿ってるって書いてあってさー！　悪魔だよ悪魔！　ロマンじゃん！　もう買うしかないじゃん！」

「おまえの脳構造がわからねえよ。わかりたくもねえけど！」

「ま、まあまあ、そうちゃん、葉介君《ようすけくん》」

俺と葉介《ようすけ》のやりとりを眺めていた一陽《かずひ》は、ヒートアップしてきたところで宥《なだ》めるように間に割って入る。

「おまえもなんとか言ってやれよ、一陽《かずひ》。んな無駄遣いする金があるなら参考書の一つでも買って、少しは脳の皺《しわ》を増やせってな」

「あ、あはは……。でも、願いを叶《かな》えてもらえる石なんて、ちょっと面白いよね」

「おっ、さっすが一陽《かずひ》ちゃん！　話がわかるぅ！」

一陽《かずひ》の言葉に気をよくして、葉介《ようすけ》はへらへらと笑う。

「よっし、そうだ！　一陽《かずひ》ちゃんいつも優しいから、お礼にこの石あげるよ！」

「えっ？　でもそれは、葉介《ようすけ》君が欲しくて買ったんじゃないの？」

「ああ、いいのいいの。なんか買ったらもう満足しちゃったしー。てか勢いで買ったはいいものの、ぶっちゃけそろそろ部屋に置き場がない！」

ぐっ、と親指を立てながらろくでもないことを言う葉介《ようすけ》。ちなみにこいつの部屋は、趣味であるオカルトグッズ……変な銅像とか、謎の杖《つえ》とか、胡散臭《うさんくさ》い魔法書みたいなものの山で溢《あふ》れかえっていて足の踏み場もない。ぶっちゃけ、こいつの部屋よりもそこらの物置のほうがよほど整頓されていると思う。

「一陽《かずひ》、んなもん迷惑だって顔面に投げつけてやっていいんだぞ」

「あ、あはは、そんなことしないよぉ。ありがとう葉介《ようすけ》君、それじゃあ貰《もら》っておくね」

「へへー、どういたしまして！」

「もう無駄遣いすんなよ」

「無駄遣いなんてしないってー、そうそう、これと一緒に買った、この悲鳴機能つき生贄《いけにえ》人形なんて、定価の五十パーセントオフでめっちゃお買い得だったし」

「既にしてるし！　悲鳴機能ってなんだよ！」

「えーこれは無駄遣いじゃないしー、今度のオカルト部の儀式で必要なんだしー。でねでね、悲鳴機能ってのはね、なんとこの生贄《いけにえ》人形、ボタン押すとすっげえリアルな悲鳴上げんの！　聞いて聞いて」

葉介《ようすけ》はどこからともなく取り出した不気味な人形の、背中についているボタンを押す。

――と。その瞬間、その人形から、「キィエエエエエ」とも「ウアァァァァァ」ともつかない、超絶不気味な電子音が大音量で鳴り響いた。

周りのクラスメイト達《たち》も、その気色悪すぎる不快音に驚いて葉介《ようすけ》のほうを見る。

「うっわ、うるせっ！　まーた草間か！」

「いつもいつも本っ当にあいつは……」

ぶつぶつ文句を言うクラスメイト達《たち》の目には、蔑みや呆《あき》れの他に「慣れ」が混ざっている。

高校一年の七月だ。七月一日。まだ入学して約三ヶ月足らず。それなのに、もうすっかり変人として周知され奇行に慣れられているこいつの筋金入りっぷりに恐れ入る。悪い意味で。

「どうどう⁉　蒼《そう》、一陽《かずひ》ちゃん、すごいっしょ⁉」

しかも本人は周りのそんな視線を微塵《みじん》も気にとめず、得意げに目を輝かせている。褒めて褒めて！　と言わんばかりだ。ここまで馬鹿だといっそ一周回って可愛《かわい》く見えてきそうな気がしなくもないが、女の子ならまだしも高校生男子を可愛《かわい》いと思うことなど不可能。むしろ一度徹底的にお灸《きゅう》を据えられてほしいと思う。

よって俺は、奴《やつ》の背後に忍び寄る影に気づきながらも、葉介《ようすけ》に何も言わないことにした。

「ねーねー、これで今度の儀式は絶対成功だと思うんだよね！　やばくない？　僕、無敵じゃない？　向かうところ敵なしすぎない？　今なら悪魔にでも魔神にでも勝てる気がするね！」

「ほう。そうかそうか。じゃあ先生にも勝ってみるかぁ、草間」

一瞬前までうざさ全開のドヤ顔をしていた葉介《ようすけ》が、ビシリと氷像のように固まる。

ぽん、と大きな手を葉介《ようすけ》の頭の上に置いたのは、俺達《おれたち》の担任だ。その手はあくまで優しく置かれているだけなのに、今の彼の笑顔には、林檎《りんご》を素手で握り潰す直前であるかのような冷たいオーラが漲《みなぎ》っている。

「はっはっは。毎度毎度毎度毎度問題ばっかり起こしやがってぇ……おまえはいっぺん地獄をみねえと反省できないみたいだなぁ……？」

「い、いや！　先生、僕は確かにオカルト好きだけど、そういう地獄は専門外っていうかですね！」

「問答無用だ！　草間は放課後職員室に来い、今日という今日こそ、そのすっかすかな辞書に『反省』って言葉を刻み込んでやっからな！」

根は優しいけどガラは悪いことで有名なうちの担任は、怒りのオーラを隠しもしない。葉介《ようすけ》はそのオーラだけで既にガタガタブルブルとチワワのように震えている。ああ、うちの担任がこの人でよかった。容赦なく葉介《ようすけ》をしばいてくれることに心から感謝！

「だ、大丈夫かな、葉介《ようすけ》君」

「大丈夫じゃないだろうから、俺は満足だ」

「ほら、ホームルーム始めんぞ！　他の奴《やつ》らも、さっさと席つけー！」

担任の鶴の一声で、それぞれ仲のいい友達と固まってお喋《しゃべ》りしていたクラスメイト達《たち》は、おとなしく席に着く。こうして今日もまた一日が始まる。

これが、俺の日常。けして真面目とはいえず、物語の主人公のようなすごい力や特技があるわけでもない。だけど、いつも笑ってる幼馴染《おさななじみ》と、馬鹿なやりとりができる友人がいる。

なんでもない日常だけど、悪くない日常だ。

……はいそういうわけで、今日も何事もなく一日が終了。

「そうちゃん、帰ろ～」

「ん」

家が隣同士かつお互い帰宅部なので、俺と一陽《かずひ》はいつも一緒に下校している。帰りは朝と違って、遅刻とか関係なくだらだら歩いて帰れるのがいい。

このごろはすっかり日が高くなり、学校帰りの夕方でも、まだ空は青々としている。

「そうちゃんそうちゃん、もうすぐ夏休みだね」

「だな。毎朝遅刻を気にせず寝てられるとか最高」

「寝てるだけじゃなくて、他にもいろんなことしないともったいないよ～。高校生になって初めての夏休みなんだよ？」

「いろんなこと、ねえ。具体的にどんなだよ」

「え？　うーん、海に行ったりとか、山に行ったりとかー」

「そんな金ねえよ。いや山なら行こうと思えば行けるけど、この暑い中登山なんかしたいか？　汗だっくだくになるぞ」

俺達《おれたち》が住んでいる場所から、海水浴ができるような場所は遠いが、山なら電車で数十分揺られれば辿《たど》り着《つ》ける。だけど小中学生のとき遠足とかで行った場所だし、今更そこを登りたいとは思わない。

「えー、それはそれで楽しいと思うけどなあ。汗を流すのも青春って感じじゃない？」

「汗ならいつも流してるだろ。遅刻回避の登校ダッシュで」

「そういうことを言ってるんじゃないんだってば〜」

もう、と一陽《かずひ》は拗《す》ねた顔をする。そのすぐ後、視線を逸《そ》らし、微妙にもじもじしながら言った。

「……でも、海とか山とか、そういう特別なところじゃなくても。場所はどこでもいいから……そうちゃんと、遊びに行きたいな」

「……ん」

「小学生の頃は、夏休み、毎日一緒に遊んでたよね。懐《なつ》かしい」

昔は、何も疑問を持つことなくずっと一緒だった。だけど、中学に入学した頃からだろうか。女子は女子、男子は男子と遊ぶもの。思春期独特のそういう空気もあって、家が隣同士だからちょくちょく顔を合わせるとはいえ、さすがに毎日一緒に遊ぶ、という夏休みではなくなった。

それでも、一陽《かずひ》は一陽《かずひ》だ。それは変わらない。「女だから」なんて理由で、子どもの頃からずっと一緒だった、妹みたいな存在であるこいつを突き放したいわけでも、傷つけたいわけでもないのだ。

「……なんか、現実的な範囲で、行きたいとこあるのかよ。あんま金かかるようなとこは無理だけどさ」

「！」

一緒に遊びに行く意思をほのめかせると、一陽《かずひ》はぱっと目を輝かせる。

「えっとえっと、えーっとねっ。どこがいいかなあ、迷う～……あっ、お祭り行きたい！」

「祭りか」

八月三日と四日。このあたり一帯にたくさんの屋台が出る、祭りが開催される。小学生のときはよく一陽《かずひ》と一緒に行った。

「そのくらいなら、いいな」

「ほんと⁉　約束だよ、そうちゃん」

「ああ」

「やったあ！」

バンザイするように両手を挙げ、ウサギみたいにぴょんぴょん跳ねる一陽《かずひ》。花でも咲くように、無防備に——

「って、おい！」

「ひゃっ」

無防備すぎだ。後ろから自転車が来ていたことにも気づかず、危うく轢《ひ》かれそうになる一陽《かずひ》。

俺は咄嗟《とっさ》にその肩を摑《つか》んで引き寄せていた。

「大丈夫か？　一陽《かずひ》」

「ご、ごめん」

「謝んなくていいけど、気ぃつけろよ……。おまえ、こっち歩いとけ」

「うん。あ、ありがと、そうちゃん……」

「……なんだ？　おまえ、顔赤いぞ」

「えっ！　う、ううん、なんでもな……っその……あ、暑いから！　ほ、ほら、喉とかも、渇いたなーって！」

「あー、そうだよな。なんか買って飲むか。でもこのへんに自販機とか……あ」

「そうちゃん？」

「ひさしぶりに、あそこ寄ってかねーか？」

「あそこ？　……ああ、いいね！」

俺達《おれたち》は帰り道のルートを変更し、とある場所に向かう。

辿《たど》り着《つ》いた先は、子どもの頃よく通った駄菓子屋だ。

店内の空気は、ここだけ時間が切り取られているかのように、ずっと変わらない。狭い店内にぎっしり並べられた、ソース味やラーメン味のスナック、チョコの棒や色とりどりのゼリーなどなど昔ながらの駄菓子や、紙風船にお面、チープなプラスチック製の玩具。

カラフルではあるが懐《なつ》かしい色合いのそれらが雑多に並べられているさまは、まるで別の時代に迷い込んだよう、いわゆる昭和レトロな雰囲気。

店のお婆《ばあ》さんは、俺達《おれたち》が小学生の頃と比べると皺《しわ》が増えていたが、それでもまだまだ元気で、駄菓子を買いに来る子ども達《たち》を穏やかな眼差《まなざ》しで見守っている。

俺達《おれたち》は目的のものを購入すると、外にある古びたベンチに二人並んで腰かけ、小休止。

「へへ～、やっぱり夏はこれだよね～！」

伝説のアイテムを手に入れました、とばかりに、買ったばかりのそれを掲げてみせる一陽《かずひ》。

その手に握られているのは、青い瓶に入った飲料――ラムネ。

玉押しで瓶の入り口のビー玉を落とすと、しゅわっと爽快な音。よく冷えたラムネに口をつければ、甘く淡い炭酸が舌の上で踊る。透明で仄青《ほのあお》いラムネは、夕方でも真っ青な夏の晴天によく映え、陽の光を弾いて瓶が輝く。

これぞまさに夏！　って感じ。エモいとはこういうことを言うんだろう、多分。

「おいしいね～、そうちゃん」

「あー、懐《なつ》かしいな」

「ね。昔よく飲んだもんね。……小学生の頃の夏休み、楽しかったなあ。そうちゃんと、昆虫採集したり、ザリガニ採りしたり……」

「……付き合わせた俺が言うのもなんだけど、男子っぽい遊びばっかだったよな。それでよかったのか、おまえ」

「もちろんだよ、おっきいクワガタが採れたときは嬉《うれ》しかったよね！　ザリガニ採りも、二人で泥んこになって楽しかった〜」

「満面の笑みでそう言われると、それはそれで心配なんだが。おまえ、ちゃんと他の友達……女子ともうまくやってんだろうな。大丈夫か？」

「大丈夫だよー！　ちゃんと仲良くやってるもん。同じクラスなんだから知ってるでしょ〜」

「それもそうだけど」

むしろ、いつもにこにこしてて人当たりのいい一陽《かずひ》は、変人である葉介《ようすけ》くらいしか親しい奴《やつ》がいない俺より、ずっと人望がある。派手に皆を引っ張ってゆくタイプじゃないけど、縁の下の力持ち的な。だから、俺が一陽《かずひ》の交友関係を心配するなんてお門違いかもしれないが。

でも、俺とは気心が知れてるから空気のように自然に接してるけど、こいつは人に遠慮しすぎてしまう面もあるから、そこはちょっと心配だ。

「……まあ、万が一なんかあったら、すぐ言えよ」

言ったところでおまえに何ができるんだ、とつっこまれればそれまでだが（一陽《かずひ》はそんなつっこみする奴《やつ》じゃないが）、少なくとも、話を聞くことならいくらでもする。一人で何か抱え込むよりはマシ、にできるんじゃないだろうか。

「うん、ありがとう！　でもね、本当に大丈夫だよ。友達皆優しいし。夏休みにもね、映画に行く約束してるの」

「映画？　どんなやつ？」

「えっとね、恋愛もので、女の人が余命三ヶ月なんだ」

「あー……おまえそういうの好きだよな」

いわゆるお涙頂戴系。大概「感動できる」って謳《うた》い文句《もんく》で、恋人同士のどっちかが死ぬやつ。

「そうだね、ロマンチックだし、泣けるよ～」

「悲劇的に人が死ぬ映画とか、観《み》てて面白いか？」

「面白いっていうか……深いし、考えさせられるよ。命ってなんなんだろう、とか、生きるってどういうことなんだろう、とか」

「ほんと真面目だな。映画って楽しむためのエンターテインメントだろ、そんな哲学的なこと考えながら観《み》るもんか？」

「でも、だって人が死んじゃうのは、映画の中だけじゃなくて、現実でもあることだよね。悲劇って、突然理不尽にやってくるものなんだろうなって思うし……。もし自分がこういう状況になったら、私だったらどうするかなって、考えちゃうの」

感受性が強いんだろう。登場人物に対する感情移入の度合いが大きくて、問題に対して真剣に考えたりしながら鑑賞するタイプだ。

「人が死んじゃう映画はたくさんあるでしょ？　でも、その中で導き出す答えは皆違うから……。大切な人が亡《な》くなって、どうして生きていくのかっていう、理由。『死んじゃった恋人が、生きてって願ったから』だったり、『今生きている、自分の家族や友達のために生きていく』だったり、『意味も理由も明言できないけど、それでも人は生きていかなきゃいけない』だったり。そういう、絶望の中でどこに希望を見出《みいだ》すのか、みたいなのは、観《み》ていてすごく考えさせられるよ」

「導き出す答え、か……。結果より過程、ってことかね」

「そうちゃんだったら、どうするの。彼女が病気で、余命数ヶ月とかになったら」

「え〜、俺？　う一ん……あんまり考えたいことじゃねえなあ」

一陽《かずひ》が真面目なので俺も一応真面目に考えてみるものの、うまく想像できない。

「てか、考える必要もねえし。俺、彼女いないからな！」

「ただまあ、大事な奴《やつ》が亡《な》くなったら、そりゃ悲しいし、めちゃくちゃ辛《つら》いんだろうな」

恋人を亡《な》くす想像以前に、恋人がいるという想像ができん。マジで。

「そうだよねえ……」

一陽《かずひ》はそこで会話を区切るように、くぴりとラムネを一口飲む。そして、何かを見つけたように目を見開く。

「あれ？」

「どーした」

「涼夜《すずや》さんだ。こんなところにいるなんて意外……え、こっちに向かって来てる……？」

涼夜《すずや》。その名前は、うちの学校に通う生徒なら知らない者はいない。

「何言ってんだ。涼夜《すずや》が駄菓子屋に来るわけが――」

――夏風に揺れる黒髪。

目が合っただけで、一瞬呼吸を忘れかけた。

涼夜《すずや》蛍《ほたる》。

俺達《おれたち》と同じ学校に通う、同級生だ。だが、まるで別世界の住人のような存在だし、実際俺達《おれたち》とは世界が違うと思う。……涼夜《すずや》は、とんでもない大金持ちのお嬢様なのだ。

そんなお嬢様が、なんで俺達《おれたち》みたいな庶民が通う学校に？　と思ってしまうが、噂《うわさ》によると涼夜《すずや》の親の方針で、世間というものを学ぶためにも、あえて庶民の学校に通わせることにしているのだとか。

お嬢様というだけで壁を感じてしまうのに、涼夜《すずや》はモデルやアイドル顔負けの超絶美少女でもある。黒絹のような長い髪は、清楚《せいそ》な雰囲気。顔のパーツも、一つ一つがとんでもなく整っていて、特に黒い宝石を嵌《は》め込《こ》んだような両の目は印象的だ。白磁の肌とのコントラストが綺《き》麗《れい》で、俺としては高価な壺《つぼ》や彫刻を見ているよりも、よっぽど芸術性というものを感じる。

「――こんにちは」

鈴が鳴るような、透き通る綺麗《きれい》な声。

一瞬遅れて、あれ？　もしかして涼夜《すずや》が俺達《おれたち》に話しかけてるんじゃね？　と気づく。

「こ、こんにちはっ」

先に我に返った一陽《かずひ》が頭を下げる。相手が我が校の憧れの的、いわばアイドル的存在ということもあって、緊張気味だ。

「こんなところで会うなんて……奇遇ね。晴丘《はるおか》君、天ヶ瀬《あまがせ》さん」

「え……っ、私達《わたしたち》のこと、知ってるんですか？」

「もちろんよ。同級生じゃない」

「そ、そうですけど……クラス、別ですし。お話ししたことも、ないですよね？」

「ええ、そうね。でもあなた達《たち》は、有名だから知っているわ」

「ゆ、有名？　私達《わたしたち》が、ですか？」

「ええ。あなた達《たち》といつも一緒にいる……草間君。よく、正体不明のものを学校に持ってきては、騒ぎを起こしているわよね？　以前、精霊召喚の儀式だとか言って学校中を煙だらけにして、先生に怒られてもめげずに『これは最強の精霊を呼び出すために必要なことなんすよ！　この精霊を呼び出せれば、世界征服だって夢じゃなくてですね！』と真剣に訴えていた姿が印象的で……」

「ああ、なんていうか俺の友人が本当にすまん」

俺と一陽《かずひ》はともかく、確かに葉介《ようすけ》は目立つ。変人っぷりによる、完全な悪目立ちだが。

「どうして謝るの？　別に怪我人《けがにん》が出たわけでもないし、賑《にぎ》やかで楽しかったと思うわ。それに」

「それに？」

「晴丘《はるおか》君。そのときあなた、怒ってる先生に言っていたわよね。『先生、存分に叱ってやっていいですけど、こいつは別に、馬鹿なだけで、悪い奴《やつ》じゃないんです。心底馬鹿ですけど』って。それで、後始末を一緒に手伝ってあげていたでしょう？」

「あー……そんなこともあったかもな」

穏やかな眼差《まなざ》しを向けられ、むずがゆくなる。別に、友人だからって親切心でやったことじゃないぞ。ただあいつとは腐れ縁だし、放置しておくのも気分が悪かっただけだ。

「ていうか、よくそんなこと覚えてたな？」

「言ったでしょう、印象的だったって。一度、お話ししてみたいと思っていたわ」

「それは……光栄、とでも言うべきなのか？」

「特別なことではないでしょう？　あなた達《たち》が私を知っているように、私もあなた達《たち》を知っている。それだけのことよ」

そうかもしれないが、学校一の有名人であり、全生徒の憧れの的である人物から言われると、やっぱりちょっとびびる。

「にしても、涼夜《すずや》。なんでこんなとこにいるんだ？」

現在地は駄菓子屋の前で、このあたりには涼夜《すずや》のようなお嬢様が立ち寄りそうな場所はない。

そもそも、涼夜《すずや》の家はこっちの方向じゃなかったと思うんだが。

「え？　そ……それは、その。……つい最近、ここに、こういうお店があるっていうことを、ネットで知って。……恥ずかしながら、私はこういうお店に来たことがなくって」

「そりゃあ、涼夜《すずや》なら、ないだろうな。恥ずかしがることでもないだろ。……それで、一回来てみたくなったってわけか？」

「え、ええ……とても、興味を惹《ひ》かれて。これはぜひ、このお店を訪れてみたいと思ったのよ。……は、入ってもいいのよね？　それとも、一見さんお断り、とかあるのかしら？」

「そんな敷居《しきい》の高い店じゃないぞ。普通に入って大丈夫だ」

そう言っても、涼夜《すずや》はなんだか恐る恐ると、足を踏み入れるのに緊張している様子だったので、俺と一陽《かずひ》は中まで付き合うことにした。店のお婆《ばあ》さんが「いらっしゃい」と優しく声をかけてくれる。

「すごいわ……見たこともないお菓子がたくさん……」

俺達《おれたち》にとっては、「昔好きだったお菓子がたくさん、懐《なつ》かしい」という感覚だが。お嬢様にはそういう感想になるんだろう。いやみだとは思わない。むしろ、子どものようにわくわくした様子で駄菓子を見る涼夜《すずや》は、なんだかあどけなくて可愛《かわい》かった。

「……ねえ、ところで」

「なんだ？」

「さっきから気になっていたのだけど、あなた達《たち》が持っている、その飲み物は何？」

「ああ。これは、ラムネだ。甘い炭酸」

「へえ……。爽やかな見た目で、素敵ね……」

じー、っと。涼夜《すずや》は俺の持つラムネを見つめる。

「……そんなに気になるなら、一口飲んでみるか？　あ、いや」

危ねえ。何気なく言ってしまったが、一陽《かずひ》相手ならともかく涼夜《すずや》にこんなこと言うなんて、間接キス目当ての変態と思われるかもしれん。咄嗟《とっさ》にそう気づいたものの、ここで今更「やっぱ駄目」というのも気まずくて。俺は一陽《かずひ》に話をふる。

「一陽《かずひ》。涼夜《すずや》に一口やったらどうだ？」

「うん。涼夜《すずや》さん、よかったらどうぞ」

「いいの？　ありがとう」

涼夜《すずや》はラムネの瓶を受け取り、一口飲む。

「おいしい……！」

なんというか、アレだ。涼夜《すずや》はラーメン食って「こんなにおいしいもの生まれて初めて食べた！」と目を輝かせるタイプだな。お嬢様キャラのテンプレ。ベタだけど、キラキラと光を振りまくような涼夜《すずや》の表情は、とてもいい。

「っと。ほら、一陽《かずひ》。おまえも飲めよ」

俺はそこで、自分のラムネ瓶を一陽《かずひ》に向けた。

涼夜《すずや》に一口やれ、って言ったのは俺だし。このままじゃ俺、自分のをやりたくなくて一陽《かずひ》に差し出させた単なるケチみたいだ。

「ふえっ⁉」

「ん？　なんだ、変な声出して」

「だ、だだだって……それって」

「それって？」

「間接……あ、う、ううん、なんでもないよ！　な、なんでもないよね！」

一陽《かずひ》は真っ赤な顔でぶんぶんと手を振ると、俺の瓶から、くぴっと一口ラムネを飲む。よく冷えたラムネだ。飲めば清涼感を味わえるはず、なのに。

「……あ、あつい、ね」

一陽《かずひ》の顔は火照《ほて》っており、しゅううっと、脳天から煙が出そうなほどだ。

「おまえ大丈夫か？　熱中症になりかけじゃねーの？」

「ち、違うよ！　もうっ、そういうのじゃなくて……っ！」

くすくす、と、隣から小さな笑い声。涼夜《すずや》だ。妙に微笑《ほほえ》ましいものを見る目をしている。

「……どうした？」

「いいえ、何も？　ただ、少し羨ましいと思っただけ」

「羨ましい？」

「ふふ。なんでもないわ」

涼夜《すずや》はその後じっくり店内の駄菓子を吟味し、数点購入。ご満悦な微笑《ほほえ》みを浮かべていた。

「さて。駄菓子も買えたし、私はそろそろ失礼するわね。せっかくの二人の時間を、邪魔してしまってごめんなさい」

長い黒髪をなびかせ、涼夜《すずや》は実に優雅に去ってゆく。

一陽《かずひ》はその背を眺め、ほうっと恍惚《こうこつ》の表情を浮かべている。

「ふわあ……。涼夜《すずや》さん、初めて喋《しゃべ》ったけど、すごいお嬢様なのに全然偉そうじゃなくて、素敵だね。あ～、憧れちゃうよ。私もあんなふうになりたいなあ」

「一陽《かずひ》、おまえ目ぇキラキラさせすぎ」

「えー、だってだって。そうちゃんだって、涼夜《すずや》さんのこと美人だなー、素敵な人だなー、って思うでしょ？」

「それはまあ……そうだな」

まともに言葉を交わしたのは初めてだけど、お嬢様らしい世間知らずさがあるとはいえ、イメージしていたよりもいやみのない、ちょっと面白い人だなとは思った。

まあ、素敵だとは思っても、付き合いたいとかそういうのじゃないけどな。いくらなんでも高嶺《たかね》の花すぎる。

摘むなんてとんでもない、花瓶に入れることすら躊躇《ためら》ってしまう。自然に咲き誇っているのを、ただ眺めていたいって感覚だ。

「だよねー……そう、だよね」

俺の言葉に、一陽《かずひ》は何か考えるような表情で、自分のラムネを飲む。

甘く、淡い炭酸。青く透明な瓶の中で、泡が弾《はじ》けては消えていた。

◇

七月八日、月曜日。

三日に一度の奇跡で早起きに成功した俺は、制服に着替え、朝食をすませて家を出た。今日もよく晴れた、青い空だ。家の外には既に、一陽《かずひ》が俺を待って立っている。

いつも通りの光景。だけど、俺は大きく目を見開く。

——夏空の下に立つ一陽《かずひ》は、少しも、いつも通りじゃなかったから。

「……そう、ちゃん……」

一陽《かずひ》は、いつも、笑っている。

楽しいときはもちろん、困ってるときだって、眉を下げながらも「大丈夫だよ〜」なんて微笑《ほほえ》んで。怒ったときはぷくっと頬を膨らませるけど、何か甘いものでも食べればすぐ機嫌を直して、にぱーっとひまわりみたいな顔になる。

だけど今の一陽《かずひ》の顔は、そのどれでもない。

僅かでも触れたら、雫《しずく》が零《こぼ》れ落《お》ちてしまいそうな、潤んだ瞳。

泣いてはいない。泣き出してしまいそうなのを、精一杯堪えているような。

まるで、雨の降り出す前の空みたいな。散ってしまいそうな羽根みたいな。消えてしまいそうな光のような——そんな儚《はかな》さ、危うさが、その瞳の中にある。

「……どうした⁉　な、なんだ、誰かに嫌がらせでもされたか⁉」

「違う、よ……」

「じゃあなんだ、どこか痛いのか⁉　病院行くか⁉」

「う、ううん、病院は、もう……」

「え？」

「あ、ち、違うの……」

泣きそうな顔で。それでも一陽《かずひ》は、精一杯、俺を安心させるように言う。

「……あのね。ちょっと、怖い夢をみただけ。だから、心配しないで」

「嘘《うそ》だ」

「わあ、秒でバレたぁ……」

「おまえの嘘《うそ》はわかりやすいんだよ。何があったのか、とっとと吐け」

「なんだか、自首を促す警察の人みたいだよぉ」

「……いいから、言えよ。なんでも聞くし、俺にできることなら、なんでもするから。なんなら今日、学校サボるか？　付き合うぞ」

一陽《かずひ》は潤んだ目で、口もとだけ無理矢理笑って。今すぐにでも泣いてしまいそうなのに、けして涙は零《こぼ》さず言った。

「ううん、大丈夫。……ごめんね。なんでもないんだ」

どう考えてもおかしい。けれど、溢《あふ》れてしまいそうだった涙を拭うように目もとをこすった後。一陽《かずひ》はぐっと両拳を握りしめる。

「それにね、それにね。そうちゃんの顔を見たら、元気が出たよ！　……これは本当」

「いやおまえ、そんな……」

「本当に、この話はもういいから！　……そんなことより、楽しい話をしよう！」

俺の言葉を遮り、一陽《かずひ》はびしっと人差し指を立てる。

「もうすぐ夏休みだよね、そうちゃん！」

「あ？　ああ、そうだな」

「夏休み。それは、青春の一ページ。青い春なんだよ。夏だけど。特に、高校生活が始まって最初の夏休みだなんて、とってもとっても特別なことだよ」

「いきなり何言ってんだおまえ？」

「具体的に言うと、もうそうちゃんも高校生。だから」

「だから？」

「彼女とか、つくったほうがいいと思うの！」

「――はああ？」

泣きそうな顔をしていたかと思ったら、今度は突然なんなんだ？

「おまえ、今日、マジで変だぞ」

「わ、私が変なのは、いつものことだも～ん」

「自分で言うな。あとおまえは、俺の周りにいる奴《やつ》と比べたら、普段はまともな部類だ」

変人なら越えられない壁がいるからな。葉介《ようすけ》とか葉介《ようすけ》とか葉介《ようすけ》とか。

「なんでおまえが、俺に彼女つくろうとするんだよ？」

「そ、それはその……ほら、私もこ……高校生だから！　恋愛ごとに興味があるお年頃なの！」

「だったら、まずは自分に彼氏つくればいいだろ」

「わっ、私はいいの！　ほ、ほら、自分のことより、他の人達《ひとたち》の恋愛事情に首をつっこむほうが、見てて面白いし！」

「完全に野次馬なことを堂々と言うな」

「とにかく、私は決めたの。決意したのっ！」

ばばん！　と効果音でもつきそうなほどに。一陽《かずひ》は胸を張り、堂々と宣言する。

「私がそうちゃんに素敵な彼女をつくって、そうちゃんを幸せにしてあげる！」

そんな感じで、今日は朝から一陽《かずひ》の様子がおかしかった。恋人云々《うんぬん》の件に関しては、何か悪いもんでも食ったのかな、まあ根は真面目な奴《やつ》だからあまり突飛なことは起こさないだろうし、すぐ戻るだろ。と様子を見ることにしたんだが。

――あの、泣きそうな顔に関しては、気になり続けて飲み込めずにいる。

一陽《かずひ》がどうしても言いたくないようなら、無理矢理聞き出すのはかわいそうだ。だけど、もし一陽《かずひ》が俺に何か助けを求めてきたときには、どんなことでも力になろう。

「そうちゃん、そうちゃん！」

……と、考えていたら帰りのホームルームが終わり、隣の席から一陽《かずひ》が声をかけてきた。

「どうした」

「計画実行のときだよ、そうちゃん！」

「……は？」

「だからー、そうちゃんのラブラブハニーゲット計画その一の始動だよっ！」

「よし、まずはそのくそダサい計画名をなんとかするところから始めてくれ」

「とにかく！　いいから、一緒に来て」

一体なんなんだとは思ったが。様子がおかしいのは確かだから、放置する気にもなれず、黙って一陽《かずひ》についてゆくことにした。

一陽《かずひ》は一年一組の教室に行くと、クラス内を覗《のぞ》き込《こ》み、よく通る声でその人物を呼ぶ。

「涼夜《すずや》さーんっ！」

って、涼夜《すずや》⁉

そりゃあ、この前駄菓子屋で話したけど。だからってまだ一度少し話しただけで、親しい間柄と呼べる相手じゃない。そんな相手を呼び出すとか、どういう度胸だよ。

涼夜《すずや》のクラス内も、ざわつく。あの涼夜《すずや》に声をかける人間がいるなんて、と。

「あら。天ヶ瀬《あまがせ》さん、晴丘《はるおか》君」

だが、当の涼夜《すずや》は気にした様子もなく、むしろ顔を綻ばせる。

その事実に周囲はいっそうざわつく。「あの涼夜《すずや》さんに声をかけるなんて……」「どういう関係なんだ……」「羨ましい……」などなど、ちっとも抑えられていないひそひそ声が、こちらに届きまくりだ。

「こんにちは。またお話しできて嬉《うれ》しいわ」

「こんにちはっ。あのね、今日これから時間あるかな？」

涼夜《すずや》は僅かに目を見開き、驚いている様子だった。ていうか俺だってびっくりだわ。こいつ、この前はあんな緊張してたのに、なんで今日はこんなはきはき喋《しゃべ》れてんだよ。

「ええ。今日はこの後、特に予定はないわよ」

「よかった。あのね、私、涼夜《すずや》さんの好きそうな場所を知ってるから、もしよかったら、一緒にどうかなって」

ぱちぱちと瞬《まばた》きをする涼夜《すずや》。俺は彼女について詳しいわけじゃないけど、涼夜《すずや》がこんな表情をするのは珍しい気がする。いつも優雅な微笑を崩さない、隙のない完璧お嬢様、という印象だから。

「……本当？　私を、誘ってくれるの？」

「もちろん！　涼夜《すずや》さんと一緒がいいの！」

「そ、そう……嬉《うれ》しいわ、ありがとう。……でも、本当にいいの？　私は、お邪魔じゃないの？」

「全然、そんなことないよ！　ね、そうちゃん！」

「あ？　ああ……邪魔も何も。俺達《おれたち》、普通の幼《おさな》馴染《じみ》だし」

「そうだよ。だから、心配しないで！　涼夜《すずや》さん」

私達《わたしたち》は恋人じゃないですから！　安心してくださいね！　とばかりに、妙に力強く言う一陽《かずひ》。

こんなふうに誘って、はたして涼夜《すずや》が付き合ってくれるのか？　と疑問だったんだが。

意外にもと言うべきか、涼夜《すずや》は柔らかく微笑《ほほえ》み、受け入れてくれた。

「それじゃあ、お言葉に甘えて……ぜひ、ご一緒したいわ」

「ここ、ここ！　涼夜《すずや》さん！」

まるで、主人に宝物のありかを教える仔犬《こいぬ》のように、一陽《かずひ》は涼夜《すずや》に笑いかける。

「わあ……」

涼夜《すずや》は目を輝かせ、頬を紅潮させ、夢見心地の表情。まるで目の前にあるのはお花畑か綺麗《きれい》なお城かという。——いやいや、現実はそんな優雅なもんじゃないぞ。

◇

今俺達《おれたち》の前にあるのは、ごくごく普通の肉屋である。

俺達《おれたち》の家の近所の、至って庶民的な、商店街。文具店やら金物屋やらが立ち並ぶ一角にある、本当になんの変哲もない肉屋。

「おい一陽《かずひ》。なんで涼夜《すずや》をここに連れてきたんだ？」

わざわざ女の子を連れてくるとこじゃないだろう。人によっては怒られても仕方ないぞこれは。涼夜《すずや》は新鮮なのか楽しそうだからいいのかもしれんが……。

「ふふ。涼夜《すずや》さんにぜひ、これを味わってほしくて！」

そう言って一陽《かずひ》がびしっと指さすのは、コロッケ。

この肉屋のコロッケは絶品だ。コロッケってコンビニでも買えるけど、やっぱ肉屋のコロッケってすげえうまいんだよな。……いやでも、やっぱり女子を連れてくる場所じゃなくね？

「今日は結構涼しいし、近くの公園で食べよう！」

「わあ……。皆で寄り道をして、公園で物を食べるなんて……すごい……小説みたいなシチュエーションね」

「多分、涼夜《すずや》の日常のほうが、俺らにとってはよっぽどドラマチックで小説みたいだと思うけどな」

そんな会話をしつつ、コロッケを買った俺達《おれたち》は三人で、すぐ近くにある公園まで移動。なお、涼夜《すずや》のあまりの美人さに目をハートにした店のおっちゃんが、いくつかコロッケをおまけしてくれた。美人ってすげえ。

「涼夜《すずや》さん、木陰のベンチに座らない？」

「そうね……ベンチもいいけど」

「けど？」

「……ブランコ、乗ってみたいわ。乗ったことがなくて……ああでも、高校生でブランコって変なのかしら？」

「そんなことないよ、いいと思う！　……あっ、でも、ブランコ二つしかない……。よし、そうちゃん、どうぞ！」

「いや俺は立ってっから。二人が乗れ」

「えっ、でもでも」

「いいから、ほら」

遠慮する一陽《かずひ》を、半ば無理矢理座らせる。女子を立たせておいてブランコに乗るってのは恥ずいからな。

肉屋のビニール袋から、紙に包まれた、まだ温かいコロッケを取り出して、ブランコに座る二人に手渡す。一陽《かずひ》は、おまけが入った袋のほうも受け取って膝に載せた。

綺麗《きれい》なキツネ色に揚がった、いかにもサクサクしてそうで食欲をそそるコロッケ。じっ、と涼夜《すずや》の視線が、興味で釘付《くぎづ》けになっている。

「このまま食べるの……よね？」

「そうだ。ナイフもフォークもないぞ。こうだ、こう」

手本を示すように自分のコロッケをかじる。ザクッ、と衣が爽快な音を立て、口の中でホクホクのじゃがいもがほどけると、中に入った肉の旨味《うまみ》もひろがる。うむ、素朴でいて至高の味わい。たまらず、続けてザクザクと頰張る。あーやべえ、止まんねえんだよなあこれは。

うまそうに食う俺に触発されたのか、涼夜《すずや》はごくりと小さく喉を鳴らした。

たまらなくなったように、長い黒髪を耳にかけ、コロッケを食《は》む涼夜《すずや》。……コロッケ食ってるだけなのに、妙に艶っぽいな。さすがは涼夜《すずや》。

「ん！　……んん、ん～……っ！」

口の中がコロッケでいっぱいなのでまともな言葉を発せていないが、その紅潮した頬、星みたいに瞬《またた》く瞳からするに、「おいしい！」というようなことを言っているんだろう。

「へへ、私も～」

続けて一陽《かずひ》も、食べる前から既においしそうにコロッケを頬張る。

「んぅ、あふっ！」

「おい、おまえ猫舌なんだから。舌、火傷《やけど》すんなよ」

「ら、らいひょうふらよ～」

ほふほふとコロッケを堪能《たんのう》する二人。頬も目尻も、すっかりゆるみきっている。

「はぁ……っ、すごい……これは、やみつきだわ……」

涼夜《すずや》は頬を薔薇色《ばらいろ》にし、極上の美食でも食ってるようにとろけた表情。えらくお気に召したようだ。そして妙にエロい。

「うまそうに食うなあ、おまえら」

「あら、あなたがそれを言うの？　私は晴丘《はるおか》君がとてもおいしそうに食べていたから、触発されたのだけど？」

「へへ～、おいしいのは正義だよ～」

「ね。そうよね、天ヶ瀬《あまがせ》さん。それに私、初めて食べるから、なんだか感動しちゃって」

「まあ、涼夜《すずや》はわかる。初めて食うものなら新鮮だもんな。……でも一陽《かずひ》、おまえは初めてでもないくせに、夢中になりすぎじゃねーか」

「え、だ、だって……ひさしぶりに食べたから～」

「いや結構しょっちゅう食ってるだろ。食いすぎなくらい」

「う、うぅっ、いいの！　コロッケはじゃがいもだし、じゃがいもはお野菜だし、つまりとってもヘルシーだしっ！」

くだらないやりとりだと自覚しつつ、安心してしまう。一陽《かずひ》が普通にコロッケを食い、俺の戯言《たわごと》にも律儀《りちぎ》にいちいち怒って、ぷくっとハムスターみたいに頬を膨らませること。

どうしてこいつが朝、あんな潤んだ目をしていたのか。それはわからない。

だけど俺は、だからこそ、いつもみたいなアホなやりとりができていることにほっとしていた。

「……それにしても、子ども達《たち》がたくさん遊んでいるわね」

涼夜《すずや》はおまけのコロッケに手を伸ばしつつ、どこか羨ましそうに子どもらを見る。

彼女の呟《つぶや》きの通り、公園内では、放課後の小学生達《たち》が鬼ごっこしたり、人気アニメのごっこ遊びをしていたりする。きゃっきゃっと、高い声が公園内を飛び交って賑《にぎ》やかだ。

「あっ」

そこで、鬼ごっこをしていた一人の小学生——低学年っぽい男子が、ずしゃっと派手に転んだ。

一陽《かずひ》は反射のように、すぐさまブランコを立ちその男子のもとへ向かう。

「大丈夫⁉」

その男子の膝は擦りむけていて、血が滲《にじ》んでいる。ぐっと堪えているが、今にも泣き出してしまいそうだ。

一陽《かずひ》はそんな男子に、しゃがみ込んで目線を合わせ、優しく話しかける。

「痛い？　そこの水道で傷口洗って……私、消毒液と絆創膏《ばんそうこう》持ってるから、すぐ手当てできるよっ」

励ますようににっこり笑う一陽《かずひ》。対して、男子はぶすっとした表情だ。

まあわかる。小学生男子の心理として、心配してくれる気持ちは嬉《うれ》しくても、あんま優しくされるのも、惨《みじ》めな感じで嫌なんだよな。周りに友達がいる状況なら尚更《なおさら》。「別にこれくらい平気だし！」って強がりたくなっちゃうやつ。

とはいえ一陽《かずひ》なら、任せておけば大丈夫だ。

そこで、怪我《けが》をした男子と一緒に遊んでいた別の小学生達《たち》は、にやにやと囃《はや》し立《た》てる。

「なんだよおまえ、転ぶとかだっせえなー」

「あっはは、なっさけねえ！」

いじめというより、単にからかっているような様子ではあるが。当の男子はかっと顔を赤くする。

「う、うるせえ！　……おまえも、余計なことすんなよ！　別にこんくらいなんでもねえし！」

案の定、男子は羞恥と八つ当たりが半分ずつくらいの感じで、一陽《かずひ》の手を振り払う。

しかし一陽《かずひ》は少しも嫌そうな顔をせず、むしろ、不敵に笑う。

「ふふふ……そうはいきません。なぜなら」

「な、なんだよ」

「お姉ちゃんは、コロッケマンなのです！」

ドン！　と効果音がつきそうなほどに胸を張り、ドヤ顔をする一陽《かずひ》。

「コロッケマンはすごいのです。この、すっごくおいしいコロッケを食べると、皆にここに笑顔になっちゃうのです！」

「………は？　馬鹿？　コロッケマンって、なんだそれ」

男子達《たち》の目は冷たかった。呆《あき》れているというか、引いている。いい年して（いや女子高生ではあるが、小学生からしたら十分年上だろう）何言ってんだこいつ、というように。背景にひゅう～っと吹雪でも吹きそうな冷たい視線。

それでも一陽《かずひ》はめげずに、明るく喋《しゃべ》り続ける。

「こ、コロッケマンは正義です！　おいしいのは、正義なのです！　ほら、ためしに食べてみて？」

さっきおまけしてもらったコロッケを差し出す一陽《かずひ》。生意気盛りの小学生も、食欲と、そのコロッケのいかにもサクサクほくほくな誘惑には勝てない。たまらず大口でかぶりついて、目を星にする。

「おっ、何これうまー！」

「えっ！　俺にも、俺にも！」

「やっべ、マジでうめえ」

さっきまでのやりとりなどすっかり忘れ、全員コロッケに夢中になる。

小学生男子が単純というのもあるが、相手がコロッケなら仕方ない。コロッケは正義。

「おい、もっとくれー！」

「わっ、わっ、待って。えっとえっと、私のぶんはもうないから、もう一度買って来──」

手をぱたぱたさせ慌てる一陽《かずひ》を見て、涼夜《すずや》はくすっと笑い、ブランコを立って自分も男子達《たち》のところへ向かった。

「私のも、どうぞ」

「うおおおー!?　すっげー美人！」

「はじめまして、コロッケマン二号です。よろしくね」

涼夜《すずや》の自己紹介に、俺は噴き出しそうになってしまった。コロッケマン二号て。

そうして、男子達《たち》は皆で仲良くコロッケをぱくつき。全部食べ終わる頃には、すっかり笑顔になっていた。

なお、怪我《けが》をしていた子に関しては、皆が食べるのに夢中になっている間に、一陽《かずひ》が水道で湿らせたティッシュと消毒液、絆創膏《ばんそうこう》で手当て済みだ。もっとも、本人はコロッケのうまさに気をとられていて、もう痛みなんて感じてもいないようだったが。

「はー、うまかった。ありがとー、美人な姉ちゃん」

「よくわかんないコロッケマンも、サンキュー！」

「どういたしまして！　皆に喜んでもらえて、コロッケマンも嬉《うれ》しいな！」

一陽《かずひ》はにこにこと、しかし一瞬後にはっと何かに気づいたように慌てる。

「あ、でもでも、知らない人から物を貰《もら》ったりしちゃいけないときもあるのです！　気をつけようね！　それから、お夕飯前にあんまり食べすぎるのもよくないから、ほどほどにね！」

「自分でコロッケくれといて、何言ってんだこいつ」

「てか言われなくても、んなことわかってるしー」

「そりゃガチで知らない奴《やつ》だったら危ねえけどさ。それ、うちの姉ちゃんと同じ制服だし」

「つーかそもそも、それ、商店街で売ってるコロッケだろ？」

年長者として心配した一陽《かずひ》を、ばっさり切り捨てる男子達《たち》。小学生、年上が思うほどガキではない面もあったりする。

「それより皆、そろそろマジモン始まるから、うち行こーぜ！」

男子達《たち》の中の一人がそう言った。ちなみにマジモンというのは、今小学生の間で大ブームのアニメのことだ。マジカルモンスターだと思うだろ？　マジカルモンブランなんだぜ。どうかしてる。

「それもそうだな！　じゃあなー、姉ちゃん達《たち》！」

「うん、ばいばーい！」

心配したのに馬鹿にされまくって、怒ってもいいところなのに、一陽《かずひ》は笑顔でぶんぶんと手を振る。

そんな一陽《かずひ》の温かさにやられたのだろうか、涼夜《すずや》は、愛《いと》しそうに一陽《かずひ》の頭を撫《な》でる。

「わわっ、な、何？」

「ふふ、なんでもないわ。ただ、天ヶ瀬《あまがせ》さんは素敵だなあと思って、こうしたくなっちゃっただけ」

「え、ええ？」

「それにしても、絆創膏《ばんそうこう》だけじゃなく消毒液までいつも持ち歩いているなんて。用意がいいわよね、天ヶ瀬《あまがせ》さん」

「こいつ、昔からその二つ、常備してんだよ。俺に付き合って、外で遊ぶことが多かったから」

「まあ……つまり、晴丘《はるおか》君の手当てをしてあげていたのね？　優しいわ……」

「ううん。私がよく転ぶから、自分用に！」

「………。天ヶ瀬《あまがせ》さんは、可愛《かわい》いわね」

けして堂々と言うことじゃない台詞《せりふ》を、えっへんとばかりに言った一陽《かずひ》に、涼夜《すずや》はそれでも笑顔を崩さない。

「へへー、絆創膏《ばんそうこう》、男の子はあんまり可愛《かわい》いのは嫌かなあと思って、さっきはプレーンなやつにしたんだけどね。可愛《かわい》い柄、いっぱいあるんだよ～。花柄に、水玉に……」

「本当だ。こういうの、どこで売っているの？」

「おすすめの雑貨屋さんがあるんだ！　よかったら、今度一緒に行く？」

「ぜひ行ってみたいわ。天ヶ瀬《あまがせ》さんと一緒なら、いっそう楽しそうだしね」

「そ、そんなふうに言われると照れるなあ～。でも、それじゃあ、今度一緒に……」

そこまで言って、一陽《かずひ》ははっと我に返るように、背筋をぴしっと伸ばした。

「ち、違う、そうじゃなくてっ！」

「え？」

「あ、いや、あの！　ごめんね涼夜《すずや》さん。わ、私、急用を思い出したっ！」

「急用？　どんな？」

「え？　えーっと、その……実は、近所の人が飼ってる猫が迷子になっちゃって……それを探すって約束してたの！　だからあとは、二人で楽しんで！」

「待って。それなら、一人で探すのは大変でしょうし、私も手伝うわ」

「そ、そんな、大丈夫だよ！　涼夜《すずや》さんにそんなことさせられないし！」

「んじゃ俺が手伝う」

「えっ⁉　え、えーっと、えっと、へ、平気平気！　わ、私、猫探すの大好きだし！　趣味だし！」

「そうかそうか。安心しろ、俺も猫は好きだ。ついでに犬も好きだし金魚も好きだぞ」

「え、あ、あの……えっと……」

見るからに困った顔をする一陽《かずひ》。「あの」と「えっと」を何度も繰り返した後、しょんぼりと頭を下げる。

「あ、あの……ごめんなさい……嘘《うそ》です……」

「だろうな」

わかりやすすぎる。……今朝言っていたことから考えるに、大方、俺と涼夜《すずや》を二人っきりにしようとしたんだろうが。

「本当に用事があるなら、止めはしないけど……。時間があるなら、もう少し、ここにいましょう？」

「ま、やることは特にないけどな」

「お喋《しゃべ》りを楽しんでいましょうよ。こうして、学校帰りに寄り道をして、お喋《しゃべ》りができるなんて……夢みたいなことだもの」

夢みたいとは、さすがに大袈裟《おおげさ》な言い分じゃないだろうか、と思ったが。涼夜《すずや》は口もとには笑みを浮かべたまま、ふっと目を伏せて話す。

「……こんなふうに誘ってもらえるとは、思っていなかったから。私、今、とてもとても、嬉《うれ》しいのよ」

「へへ、そう言ってもらえてよかったぁ。これからも、どんどん誘っちゃうからね？　私達《わたしたち》、お友達だもんね」

「……っ！」

にっこり笑った一陽《かずひ》の言葉に、涼夜《すずや》は驚いたように硬直し、頬を染める。

「それにそれに、そうちゃんとは、お友達以上になってほしくて……！」

「……お友達以上？　親友、ということ？　だったら、天ヶ瀬《あまがせ》さんともそうなりたいけど……」

「あー、なんでもない涼夜《すずや》。こいつなんかちょっとおかしいんだ、気にしないでやってくれ」

これ以上変なことを口走る前に、俺は一陽《かずひ》の口を軽く塞ぐ。「むぐぐ～」と一陽《かずひ》が声になっていない声を出す。

そんな俺達《おれたち》の様子を見て、涼夜《すずや》はいっそう表情を和らげる。

夏の夕方は、まだ空が青い。濃い夏の光に晒《さら》される彼女の笑顔は、見惚《みほ》れてしまうくらい美しかった。

「ふふっ。それじゃあ……あらためて、これからよろしくね、天ヶ瀬《あまがせ》さん、晴丘《はるおか》君」

「へへ、今日は楽しかったね～、そうちゃん！」

「そうだな。楽しかったな、コロッケマン」

「そ、その名前で呼ぶのはやめてっ！」

「自分で名乗ってたんじゃねえか。結構ノリノリだったくせに」

「あ、あれはっ、だって、皆に笑ってほしかったから……っ！」

「あー、うん。おまえ、優しいよな」

「……っ！」

くしゃりと、一陽《かずひ》の頭を軽く撫《な》でる。相変わらず小動物チックで触り心地のいい頭め。

「あ……うぅ……そ、そんなんじゃない、けど……」

一陽《かずひ》は妙に震えた声で言った後、気を取り直すように、ぐっと両拳を握りしめる。

「そ、それより！　そうちゃんのラブラブハニーゲット計画として、これはいいスタートダッシュをきれたのかな？」

「わりとマジでその名前をなんとかしてくれ頼むから」

「う～ん、お友達としてはとってもいい感じだと思うんだけど……。あんまりこう、恋愛面での親密度とか……好感度とか、上がったのかはわかんないなあ」

「おい……」

「でも、次に繋《つな》がりそうなのは、よかったよね！　そうちゃんの魅力を、もっともっと涼夜《すずや》さんにアピールしていこう！」

「いや、おいって！　一陽《かずひ》」

「うん？」

「おまえまさか、本気で俺と涼夜《すずや》をくっつける気なのか？」

「うん。涼夜《すずや》さんみたいに素敵な恋人がいたら、そうちゃんだって幸せでしょ？」

「いや待て待て、あの涼夜《すずや》が、俺に惚《ほ》れるなんてことあると思ってるのか？」

「うん」

　真顔で即答すんな、リアクション困るわ。

「あのなあ。涼夜《すずや》には、もっと金持ちでイケメンで性格もいい奴《やつ》じゃないと釣り合わないだろーが。あんな美人で、誰からでも好かれてる奴《やつ》なのに、俺に惚《ほ》れるとかありえねえよ」

「そんなことないよ！　そうちゃんはかっこいいし、優しいし、涼夜《すずや》さんとも……すっごく、お似合いだよ！」

「……お、おお？　いやいや！　それはなんか身内びいきってか、幼馴染《おさななじみ》の欲目だろ。目を覚ませ、俺は平々凡々なド凡人だ！　涼夜《すずや》みたいな高嶺《たかね》の花とは違う！」

「そんなことないですぅー！　……それにね、涼夜《すずや》さんは高嶺《たかね》の花だからこそ、アタックしてきてくれる人に弱いと思うの」

「はあ？」

「ほら、涼夜《すずや》さんって、素敵すぎて、別世界の人って感じで近寄りがたいでしょ？　だから、涼夜《すずや》さんのことを好きな人はいっぱいいるけど、皆遠巻きに眺めるだけで、これまで告白した人って全然いないらしいんだよね」

「まあ確かに、涼夜《すずや》に告白した奴《やつ》がいるなんて噂《うわさ》は聞いたことねえな……」

羨望《せんぼう》は向けられるが、独占できるとは思えない相手だ。一度話してみれば案外フレンドリーだが、まずその「一度話してみる」までのハードルが高い。

「だから、そうちゃん！　それを逆手にとって、涼夜《すずや》さんに、熱烈に、情熱的にアピールするんだよ！　アピるんだよっ！　そうすれば、そうちゃんなら絶対……」

「いや、そもそも！　それ以前の話なんだが」

「それ以前？」

「なんでおまえ、そんなに俺に彼女つくろうとするんだよ」

俺の恋愛事情なんて一陽《かずひ》には関係のないことだし、一陽《かずひ》がわざわざ、しかも急に首を突っ込んでくるなんて、どう考えたっておかしい。

「それは……だって」

「だって？」

「そうちゃんの幸せが、私の幸せだからだよ」

「………」

全然、意味がわからない。

だけど、一陽《かずひ》は嘘《うそ》をついている様子ではなく。ただただまっすぐに、俺を見つめていた。

「私はね。そうちゃんに、世界で一番幸せになってほしいんだ」

「……世界で一番かよ。スケールがでけえな」

「そうだよ。そうちゃんは私の大事な幼馴染《おさななじみ》だから、世界で一番幸せにならなきゃ駄目なの」

「駄目なのか」

「駄目なのです」

ふふん、とばかりに胸を張る一陽《かずひ》。それ胸を張って言うことなのか？　とつっこんでやろうかと思ったけど、できなかった。

俺に世界一幸せになってほしい、と。そう願った一陽《かずひ》の瞳は、やっぱり、どこか少し潤んでいて。

それでも、今の自分のできることを精一杯しようと決意しているような――複雑な笑顔をしていたから。

なぜだろう。それ以上踏み込むのが少し、怖くなって。俺は結局、何も言えなくなってしまったんだ。

◇

「蒼《そう》〜、昼休みだよ！　昼メシにする？　それとも妖精召喚の儀式する？」

翌日の昼休み。今日もあちーなー、と机でダレていた俺のところに、いつも通り無駄に元気でイラッとする葉介《ようすけ》がやってきた。

「なんでその二択だよしばくぞ」

「いや〜昨日の放課後オカルト部の活動だったんだけど、やっぱり儀式にはもうちょっと人数が欲しいなって話になってさあ。蒼《そう》、オカルト部に入部しない？」

「百歩譲っておまえが退部するなら入部してやってもいい」

「それ遠回しに僕と同じ部活は死んでも嫌って言ってるよね⁉」

いつも通りの馬鹿な会話。だが途中で、いつも通りじゃない声が割って入る。

「ねえねえ、晴丘《はるおか》君」

「……うん？」

声の主は、同じクラスの女子二人組。といっても、別に親しいわけでもない、初めて会話を交わす子達《たち》だ。

「昨日、一組の涼夜《すずや》さんと一緒に帰ったって本当？」

女子が俺に一体なんの用だ、と一瞬身構えてしまったが。なるほど、それが気になっていたのか。好奇心で体が前のめりになっている。

「そうだけど……つっても、一陽《かずひ》と三人で、公園でコロッケ食ってただけだぞ」

「えええ、それだけでも十分すごい、ってかありえない！　あの涼夜《すずや》さんでしょ⁉　傍《そば》にいるだけでも恐れ多いのに！」

「うんうん、同じ空気を吸ってるってだけでも緊張しちゃう……あ、晴丘《はるおか》君をディスってるわけじゃないよ⁉　ただ、涼夜《すずや》さん相手に、よく普段通りでいられるなーって不思議でさ」

「私達《わたしたち》も、他の皆だって、廊下ですれ違ったりするだけでも緊張しちゃうもんね」

「いや、気持ちはわからなくもないけど、同級生なんだし、そこまで硬くならんでも」

「えぇーだってぇ。なんかもー世界が違うって感じで、こっち見られたりすると頭の中真っ白になっちゃう！」

「気軽にお喋《しゃべ》りするなんて、不敬って感じで、とてもとても」

不敬て。涼夜《すずや》は古代の王様かよ。

「別にそんなかしこまらなくたって、涼夜《すずや》、話してみれば結構気さくで楽しいぞ？」

「うん、涼夜《すずや》さんが、美人で完璧なお嬢様なのに、怖い人じゃないとはわかってるんだけど……。でもでも、それでも無理！」

「もはやあの、空気っていうか、オーラだけで駄目だよね！　私達《わたしたち》みたいな凡人には近づけません～って感じ。オーラってか、もはやバリア」

「憧れではあるんだけどね～。遠すぎる存在だよ～」

　女子二人は、ほうっと息を吐く。よほど涼夜《すずや》を慕い、しかし近づけずにいる——自分達《じぶんたち》が不用意に近付いてはいけないと思っているんだろう。

「あっ、晴丘《はるおか》君、急に話しかけてこんなこと、ごめんね。いやー、涼夜《すずや》さんが男子と親しげにしてることなんてなかったから、どうしても気になっちゃってさ～。ほんとごめん、それだけ」

　女子二人は、昨日のことを確認し終えると、満足したのか食堂で昼食をとるため教室を出ていった。すると今度は、葉介《ようすけ》が俺に興味の視線を向けてくる。

「えっ何々蒼《そう》、あの涼夜《すずや》さんと一緒に帰ったの？　マジ？　初耳なんだけど！」

「いやだから、今も言った通り、一陽《かずひ》も一緒だったたし、コロッケ食ってただけだし」

「えーでも、とにかくあの涼夜《すずや》さんと一緒だったってだけですごいじゃん！　ってか、んなことあったなら早く教えてよ！　僕、今の今まで何も知らなかったんですけどぉ⁉」

「別に、いちいち報告するようなことでもないだろ？」

「何言ってんの、大事なことでしょ！　蒼《そう》ってば、一陽《かずひ》ちゃんという幼馴染《おさななじみ》がありながら、他の女子に手ぇ出す気なの？　ハーレムエンド狙いなの？」

「ギャルゲー脳やめろ。っつか、発端はその一陽《かずひ》だからな」

「ハーレムエンドってさ！　確かに誰か一人のヒロインを選ぶよりも、ある意味全員幸せにできて誰も傷つかないエンドではあるよね。でもさあそれって、ちょっと恵まれすぎじゃない？　はっきり言おう、きっぱり言おう、ちょー羨ましいんだけど。すげえ羨ましいんだけど。羨ましいにもほどがあるんだけどぉ!?」

「うっせえわ！　てめえは悪魔でも魔神でも召喚して仲良くやってろ！」

「そうちゃん、そうちゃんっ」

くだらない応酬の途中。一陽《かずひ》が、俺の服の裾をくいくいと引っ張ってきた。妙に目をきらきらさせていて、嫌な予感しかない。

「そうちゃん、お昼休みだよ。計画その二の実行のときだよ！」

「そうか。俺急用を思い出したから帰るわ」

「か、帰っちゃ駄目っ！　学校から勝手に帰るのは、駄目だよ！」

「でも大事な用があるんだ。迷子の猫を探さないといけなくてな」

「そ、それはもういいからぁ！」

「おまえが言い出したことだぞ」

「とーにーかーく。お昼休み。お昼ごはんの時間。それはすなわち、ラブが生まれる時間だよ」

「何言ってんのおまえ？」

「というわけで、計画その二。ラブラブランチタイム！」

「だからネーミングセンスをどうにかしろ」

俺と一陽《かずひ》のやりとりを横で見ていた葉介《ようすけ》は、不思議そうに首を傾《かし》げる。

「えっ、何々、一陽《かずひ》ちゃん。計画とか、ラブラブとか聞こえたけど……まさか蒼《そう》に恋人つくる気なの？　……いくら負けヒロインだからって、最初から諦めるのはどうかと思うけどなあ。いくら負けヒロインだからって」

「負けヒロインって何⁉　なんでそれ二回も言ったの⁉」

「いや、うん、わかるよ。幼馴染《おさななじみ》ってだけで既に負けヒロインなのに、一陽《かずひ》ちゃんみたいなタイプは、謙虚さが裏目に出ておいしいところを全部持っていかれるタイプだもんね……。たいてい全部、活《い》きのいいツンデレ系とか、派手な属性持ちが勝つんだよね……。幼馴染《おさななじみ》って不憫《ふびん》な属性だよね。僕、泣けてくるよ……」

「な、なんの話かよくわかんないけど、哀れみの目で見ないでえっ！　……と、ともかく！　そうちゃん。涼夜《すずや》さんを誘って、一緒にお昼ごはんを食べよう？　そうちゃんいつもは学食か購買だけど……私、今日はお弁当いっぱい作ってきたから」

「いや、だからさ。俺は涼夜《すずや》には釣り合わないっての」

「でもそうちゃん、昨日私達《わたしたち》、涼夜《すずや》さんとお友達になったでしょ？　お友達なら、一緒にごはん食べるのは不自然なことじゃないでしょ？　きっと涼夜《すずや》さんも喜ぶよ！」

「……そりゃまあ、友達としてなら、楽しいだろうけどさ」

「そうだよ、お友達だよ！　うんうん、まずはお友達から、だよね！」

「………」

全然嚙《か》み合《あ》っていない気がするが、一陽《かずひ》は引き下がる様子がまったくない。

「あーもう……わかったよ。じゃあ涼夜《すずや》のクラスに行くか」

「うっわー、両手に花かよ蒼《そう》〜。爆発すればいいのに！」

「何言ってんだ葉介《ようすけ》、おまえも一緒に来いよ」

女子二人に囲まれる、しかも一人は涼夜《すずや》、なんて他の男子達《たち》に殺されそうだ。ならいっそこいつも道連れにしてやりたい。

「えー？　そりゃあ羨ましいけど、僕、空気の読める友人キャラだからさあ。ヒロインとのランチタイムにのこのこ顔を出すほど野暮じゃないよ！　友人キャラには、踏み越えちゃならない一線ってものがあるからね！」

「だからギャルゲー脳やめろっつってんだろ！　目を覚ませ、ここは現実だ！」

「ほらぁ、そうちゃん！　早くしないとお昼休み終わっちゃうよ、行こうっ！」

まだ葉介《ようすけ》にいろいろ言ってやりたかったものの、一陽《かずひ》に腕を引っ張られ、俺は涼夜《すずや》のところへ連行された。


「まあ、一緒に昼食を？　嬉《うれ》しいわ、ぜひ」

突然の誘いにもかかわらず、涼夜《すずや》は嫌な顔一つせずそう言ってくれた。なお、やはり彼女のクラス内は「涼夜《すずや》さんと昼食だと……!?」「羨ましい、羨ましすぎる……!」とザワザワしてる。

「涼夜《すずや》さん、場所はどこがいい？　空き教室でもいいし、今日はわりと涼しいから、中庭とかでもいいし」

「そうね……私はいつも屋上で食べているから、そこにしない？」

「いつもって……屋上は立ち入り禁止だろ？　鍵かかってるじゃん」

「あら、屋上の鍵なら私、持っているわよ？」

チャリ、とポケットから鍵を取り出してみせる涼夜《すずや》。

「私、高いところから景色を眺めるのが好きだから。自由に出入りできるように、お父様が先生に用意させてくれたの」

さすがは超絶お嬢様。特例扱いかよ。

そんなわけで俺達《おれたち》は、屋上で昼食をとることにした。

普段、俺達《おれたち》では入ることのできない――初めて足を踏み入れる場所だ。

扉を開けば、よく晴れた青空が、何にも遮られることなくひろがっている。焼けるような日差しは、直《じか》に浴びれば汗をかくものの、日陰に入ってしまえば存外悪くない。

夏の空気は好きだ。暑いのは嫌だけど、くっきりと青い空とか、輝く雲とか、なんか生命力が強い季節のような気がして。

扉を開けてすぐのところには、どこかから運び込んだのであろうパイプ椅子が一脚。涼夜《すずや》は普段、ここに座って食事をしたり読書をしたりしているんだろう。

「あ、涼夜《すずや》さんのぶんは椅子、あるんだね。一応、中庭とかで食べることも想定して、ピクニックシート持ってきてたんだけど」

「そうなの？　なら、そっちがいいわ。皆でシートの上で食べたら、楽しそう」

俺達《おれたち》は屋上の床にシートをひろげ、その上に弁当を置く。ちょっとしたピクニック気分だ。

ちなみに涼夜《すずや》の弁当は、重箱。大きさ的には女子が一人で食べきれそうなサイズではあるが、それでもなんだかやたら高級そうなやつ。本当にどこまでもお嬢様のテンプレを突き抜けていく奴《やつ》め。

「えへへ、よかったら涼夜《すずや》さんも、好きそうなのあったら、食べてね」

ぱかっと、一陽《かずひ》は用意してきた、普段より大きい弁当箱の蓋を開ける。

「おにぎりは、梅干しとおかかとツナマヨ。おかずは、ミニハンバーグに、卵焼きに、タコさんウインナーに、ベーコンのアスパラ巻きに……」

特別なものは何もないメニューだが、だからこそ定番の安定感があってとてもいい。どれもこれも、単体でもおいしそうだが、色どりに気を配った配置や、カラフルなピックが刺さっていたりして、見ているだけでも楽しいものだった。

「わあ……これ、天ヶ瀬《あまがせ》さんが作ったの？　料理、上手なのね」

「へへ。涼夜《すずや》さんにも食べてもらうんだって思ったら、頑張っちゃった」

「特にこの、卵焼き、おいしそう。一ついただいてもいいかしら？」

「あ、もちろんいいけど……でも、ちょっと待って！」

涼夜《すずや》を制止し、一陽《かずひ》は、ドヤ顔でビシッと人差し指を立てる。

「ぱぱーん！　突然ですが、今日の占いターイム！」

「占い……？」

「黒髪ロングヘアで、とっても美人なそこのあなた！　あなたは今日、人とお昼ごはんを食べさせ合うと、とっても幸せになれます！」

「おい占いか、それ」

「占いだよ！　伝説の占い師カズヒティーナの、ばっちり的中な占いだよっ！」

「何おまえ葉介《ようすけ》の毒電波でもくらったの？」

「あら、面白そうじゃない。おかずを食べさせ合えばいいんでしょう？」

「そう、食べさせ合えばいいんだよっ！」

「じゃあ、はい天ヶ瀬《あまがせ》さん、あ～ん」

涼夜《すずや》はにっこり微笑《ほほえ》んで、一陽《かずひ》の口もとに自分のおかずを差し出す。

「え……えっと、涼夜《すずや》さん。食べさせ合うっていうのは、私じゃなくって」

「あ〜ん」

「だからあの、私じゃ……」

「あ〜ん」

にっこりと、優美さの中に有無を言わせぬ圧を感じさせる涼夜《すずや》。一陽《かずひ》は「う……うぅ」と戸惑っていたものの、最終的には負けたようにおずおずと口を開く。

「……あむ」

「どうかしら。うちの料理人のおかずは、お口に合う？」

「う、うん。とってもおいひいっ！」

おかずをむしゃむしゃしながら答える一陽《かずひ》と、どこかうっとりしながら見つめる涼夜《すずや》。

「ふふ、可愛《かわい》い……。占い通りね、私、今、とっても幸せな気分よ……」

背景に白い花が咲きそうな光景だ。女子二人が仲良くおかずを食べさせ合っている姿ってのは、尊い。

「さて。じゃあ次は、天ヶ瀬《あまがせ》さんが晴丘《はるおか》君に食べさせてあげる番ね」

「え……ええっ⁉　な、何言ってるの涼夜《すずや》さん⁉」

「あら？　何かおかしなことを言っているかしら？　物事には、順序というものがあるでしょう。私は今、天ヶ瀬《あまがせ》さんにあ〜んしたわ。だから次は、天ヶ瀬《あまがせ》さんが晴丘《はるおか》君にあ〜んする番じゃない」

「ど、どうしてそうなるの⁉　全然わかんないよ！」

「どうしてもこうしても、だって三人でお昼ごはんを食べているのだから。それとも天ヶ瀬《あまがせ》さんは、晴丘《はるおか》君を、一人だけ仲間外れにする気？」

「ち、違うよ、全然違うよっ、むしろ私は、そうちゃんのために……」

「だったら、ほら。晴丘《はるおか》君に『あ〜ん』してあげて？　それが物事の順序。ルールというものだわ」

ちっともよくわからない説明だが、一陽《かずひ》は「ううう」と考え込み、「ルール、ルールかあ……」とぶつぶつ呟《つぶや》く。

「……じゅ、順番っていうなら……私の後には、涼夜《すずや》さんが、そうちゃんにあ〜んされてくれる？」

「ええ、そうね。それが順番だものね」

「だ、だったらっ！　そうちゃん！」

一陽《かずひ》は、一口大のミニハンバーグを箸でつまむと、俺の口もとに運ぶ。

そうして困ったように眉根を寄せ、恥ずかしそうに顔を赤らめながら、小首を傾《かし》げた。

「あ、あ〜、ん……して……？」

「…………………」

「は、早く口開けてよぉ……っ！」

いやそう言われても、何がなんなんだ、この状況？

人に見られながらこんなことをしているという羞恥のせいなのか、箸を持つ一陽《かずひ》の手はぷるぷると震えている。つっこみどころしかない。つーかそんな恥ずかしいなら、最初からんなことしなきゃいいだろ⁉

「ね、ねえ、まだ？　は、早くぅ……った⁉」

ぷるぷるが加速してきた一陽《かずひ》に、ビシッと軽くチョップをかましてやった。

「な、何⁉」

「いや、意味わかんねえし。俺はやらないからな」

「そんな！　わ、私、せっかく頑張ったのに！」

「知らん。……なんか、悪いな涼夜《すずや》。こいつ、最近そういうお年頃なのか、悪ノリ好きでな」

俺はまるで保護者のように、一陽《かずひ》の頭を軽く押さえ、下げさせる。一陽《かずひ》は不満そうに「うぅ～」と仔犬《こいぬ》が寂しげに鳴くような声を出した。

「いいえ？　全然悪くなんてないわ。とても可愛《かわい》いと思う」

くすくす笑う涼夜《すずや》。結局そんな感じで「あ～ん」についてはなしになり、しばらくは三人でそれぞれ弁当を食べ、舌鼓《したつづみ》を打っていた。

まったりとした、少しも恋愛展開にはなりそうにはない空気に痺《しび》れを切らしたのか、途中で一陽《かずひ》が話題を出す。

「……そ、それにしてもっ！　もうすぐ夏休みだね」

「ええ、そうね」

「な、夏だよ！　情熱とロマンが渦巻く季節だよ！　たくさんたくさん、楽しいことが待ってる季節だよっ」

「あー……それが？」

「だから、二人でどこか、遊びに行ったらいいんじゃないかなあ？　ほら、遊園地とか、水族館とか！」

「まあ、素敵ね！　ぜひ、三人で行きたいわ」

「あ、わ、私は、夏休みはその……ずっとハワイに行っているので！　遊びに行くのは無理かなあって」

「おい初耳だぞ、そんなの」

「い、今言ったし！　私、夏はずーっと忙しいの！　全然遊べないの！」

「またバレバレな嘘《うそ》ついてんじゃねーよ！　おまえ友達と映画行く約束してるとか言ってたじゃねーか！」

「えっ、あ、う、うーん？」

「あら、そうなの？　なんの映画を観《み》るの？」

「え、えーっとぉ、その……」

涼夜《すずや》が興味を惹《ひ》かれたように尋ねるが、一陽《かずひ》はおろおろするだけだ。本当に何がしたいんだか。

「ヒロインが余命何年とかいうのなんだろ？　いわゆる泣ける系のやつ」

「ああ。そういうの、定期的に流行するイメージがあるわね」

「涼夜《すずや》も好きなのか？　別に否定したいわけじゃないけど、個人的な好みとして、そういう系のよさがよくわからないんだが」

好みの問題なんだろうが、エンターテインメントはスカッとする展開が好きだ。悲劇系は、心が辛《つら》くなってくるので積極的には観《み》ない。

「まあ、悲劇っていうのは普遍のテーマなんじゃないかしら。現代にかぎらず、例えば人魚姫とか、いわゆる難病ものではなくても、悲しくも美しい結末っていうのは、昔からあるものじゃない」

「そりゃそうだけど。俺はハッピーエンド派なんだよなあ」

「ふふ、まあそういう人も多いわよね。……でも、物語って、何をもってハッピーエンドと言うのかしらね」

「え？」

「そういう映画って、恋人のどちらかが亡《な》くなっても、どちらかは生きているでしょう。……たとえば、もし主人公にとって大切な子が亡《な》くなって、だけど主人公は別の子と結ばれて幸せになったなら。それは、ハッピーエンドといえるのかしら？」

「それは……主人公にとってはハッピーエンドになるのかもしれないけど。亡《な》くなった相手がかわいそうじゃないか？」

「じゃあ、その相手のほうが、残される大切な人には、別の人と幸せになってほしいと願ったのなら？」

「んー……バッドエンドではないのかもしれないけど、ちょっと観客ウケは悪そうだな」

映画の話として考えると、やっぱり主人公には最初の子と幸せになってほしい、その子のことをずっと好きでいてほしい、と思うものなんじゃないだろうか。

「でも、亡《な》くなった相手だけをいつまでも想《おも》い続けていてほしい、というのは、確かにそのほうが一途《いちず》で美しいのかもしれないけれど。残酷なことではないのかしら。二度と会えない人だけを永遠に想《おも》い続けるより、他にいい人がいるなら、その人と一緒になるべきじゃない？……恋人を亡《な》くしました、とても辛《つら》いです、でもそれを乗り越えて別の人と幸せになれました。……そのほうが、ただ恋人を亡《な》くして終わる物語よりも、むしろめでたしめでたし、じゃない？」

「そうだけど、現実ならともかく、映画の話だろ？　最終的に別の人と結ばれるなら、じゃあ最初の恋人はなんだったんだってなるじゃん。特別感が薄れるっつーの？」

運命とかそんなことに執着するわけじゃない。けどやっぱり、恋人になるってのは特別なことに思えるし、すぐ簡単に別の人と結ばれるようなのは、うまく言えないけど少し虚《むな》しい気がする。二人だけの特別な絆《きずな》ってわけじゃなかったのか、みたいな？

「でも、最初のその人がいたからこそ……失ったものがあるからこそ、出会えるもの、得られるものがあるのかもしれないわ」

夏風が、一陽《かずひ》と、涼夜《すずや》の髪を微《かす》かに揺らす。まるで波紋のように。

だけど、小さな風が起こしたそれは、一瞬後には何ごともなかったかのように元通りだ。

「……っと。つまらない語りに付き合わせてしまって、申し訳なかったわね。ちょっと、昔観《み》た映画のことを思い出して。一度、誰かとこの話をしてみたかったの」

「別につまらなくないぞ、そういう観点もあるのかって、ちょっと面白かった。一陽《かずひ》の映画の楽しみ方といい、やっぱ人それぞれだな」

「天ヶ瀬《あまがせ》さんの楽しみ方？」

「こいつはさ、泣ける映画は、命について考えさせられるからいいんだって。死っていう結末は変わらなくても、そこに至るまでの道や、出す結論はそれぞれ違うからって。なあ、一陽《かずひ》？」

「……え……」

これまで話に入ってこなかった一陽《かずひ》。俺が話をふると、一瞬固まってしまう。なんだか、頭の中が白紙になっていたように。

「なんだよ。おまえ、泣ける映画、好きだろ？」

「えっ、あ……うーん。そんなに……好きじゃないかも」

「は？　ついこの前、好きって言ってただろうが」

「あ、あはは～。ほら、乙女心は、変わりやすいものだから」

「なんだそれ」

「へへ……いや、だってさ」

力ない笑みを浮かべ、ぎゅっと膝の上で拳を握りしめて。一陽《かずひ》は呟《つぶや》く。

「……突然死んじゃうなんて。理不尽、だよね」

一陽《かずひ》のその声には、今まで聞いたことのない色が含まれている気がした。

……なんだろう。ずっと傍《そば》に、隣にいた幼馴染《おさななじみ》なのに。最近こいつのことがわからない。

物憂《ものう》げな横顔は、見たことのない、まるで知らない奴《やつ》のもののようで。

俺はこいつにそんな距離を感じるのが嫌で。その言葉に、なんて返していいのか迷って。焦《あせ》り、以前の一陽《かずひ》を取り戻したいと願うように。一つの約束を口にしていた。

「……夏祭り」

「……え？」

「一緒に夏祭り行くって、約束しただろ」

「え……あ」

「忘れてんじゃねーよ。そんで、ハワイとか言ってんじゃねーし」

「ご、ごめん」

「いいか。約束だからな。俺達《おれたち》は、一緒に夏祭りに行くんだ。だから」

どうしてこんなことを言っているんだろうと自分でも不思議だった。こんな、念を押して確認するような言い方。

でも、胸騒ぎのようなものを感じて、言っておかなきゃならない気がしたんだ。

「どこにも行くなよ、一陽《かずひ》」

夏は。生命力の強い、光の濃い季節だ。

それゆえに、影の濃さも際立《きわだ》つ。頭上にひろがる、突き抜けるように真っ青な空と、今、俺《おれ》達《たち》のいる塔屋の影のコントラストは美しくて。だからこそ、ぞくりと不穏さが背筋を抜ける。

一陽《かずひ》は返事をしない。ただ、どこか困ったような、寂しげな微笑を浮かべただけだ。

俺に言葉を返さないまま、一陽《かずひ》は涼夜《すずや》のほうに目を向ける。

「そうだ。夏祭り、涼夜《すずや》さんも一緒に行こう！」

「え？　私はいいわ。さすがにお邪魔だろうし……」

「そんなことないよ、全然、お邪魔なんかじゃないから！　……だから、お願い」

一陽《かずひ》は涼夜《すずや》の手を握り、ずいっと顔を近づけて、真剣に訴える。

「涼夜《すずや》さんも一緒がいいの。——本当に」

どうして一陽《かずひ》がそんなことを言うのか俺はわからないし、涼夜《すずや》だってわかるはずないだろう。

けれど、一陽《かずひ》のその、どこか切迫しているようにさえ見える雰囲気に押されたのだろうか。

涼夜《すずや》はふっと小さく微笑《ほほえ》みを浮かべると、頷《うなず》いた。

「……そうね。じゃあ、考えておくわ」


「涼夜《すずや》」

その日の放課後。俺は廊下で、帰ろうとしていた涼夜《すずや》に声をかけていた。

彼女が振り返り、黒い宝石のような両目がこちらを向く。それだけで周りの空気が変わるようだ。相変わらず、涼夜《すずや》の存在感というのはすげえ。

「ちょっと話したいことがあるから、一緒に帰らないか」

「あら。天ヶ瀬《あまがせ》さんは一緒じゃないの？」

「ああ」

いつもは一緒に下校しているが、涼夜《すずや》に会いに行きたいから一人にしてくれ、と言ったらあいつは簡単に頷《うなず》いた。

「あ、いや、悪い。もちろん、俺と二人が嫌なら断ってくれて構わない」

一陽《かずひ》が一緒ならともかく、男と二人で、というのは抵抗感があるだろう。配慮が欠けてたな、と反省したが、涼夜《すずや》は嫌な顔はしなかった。

「いいえ、嫌なんかじゃないわよ。一緒に帰りましょう、晴丘《はるおか》君」

二人で並び、歩き出す。数日前までは考えられなかった光景。だけど、涼夜《すずや》は一度話してみれば意外と気さくなんだとわかったし、もう緊張はしない。……周囲からの羨望《せんぼう》と嫉妬の視線は、少し痛いけど。

校門を抜け、周囲に人がいなくなったところで、俺は聞きたかったことについて話をふってみた。

「涼夜《すずや》はさ。一陽《かずひ》のこと、どう思ってる？」

「とても可愛《かわい》くて、大好きよ」

「それは……もしかして今まで、俺はお邪魔だった感じか」

「そういう意味じゃないわ。そういう意味でもいいけど」

「どっちだよ。……いやまあ、あいつのこと、迷惑じゃないならよかったけど」

「ふふ。天ヶ瀬《あまがせ》さんが、私に変な子だと思われていないか、心配だった、というところかしら？」

優雅な微笑を浮かべる涼夜《すずや》は、すべてをお見通しのようだった。

「あー……なんかあいつ、最近、様子が変だからさ。……俺にも、何考えてるか、よくわからなくて。何かあるなら力になってやりたいのに、何も言わねえから。……涼夜《すずや》の目からは、あいつがどう見えているのかなって」

「確かに、何かありそうよね。妙に私と晴丘《はるおか》君をくっつけようとしているみたいだし」

「……バレバレでしたか」

「でも、本当は私と晴丘《はるおか》君に付き合ってほしいはずがないのに」

「え？」

「とにかく、もし何か複雑な理由があるのなら、確かに気になるわね。晴丘《はるおか》君に、何も話していないの？」

「ああ。あいつ、普段はふにゃっとしてるくせに、ときどき妙に頑固なとこもあってさ。一度言わないって決めたことなら、絶対言わないような奴《やつ》なんだ」

「そう……言いたくないようなことなのね。なら、無理に聞き出すのもよくないかしら。だからといって放っておくなんてできないし……。よく様子を窺《うかが》って、プレッシャーを与えないように、天ヶ瀬《あまがせ》さんが打ち明けたくなるような空気を作ることが重要なのかしら……？　あるいは、事情を聞き出そうとするより、私もおいしいものや楽しい場所を紹介して、ストレスを軽減するようにするべきか……」

　真面目な顔つきで、ぶつぶつと呟《つぶや》く涼夜《すずや》。予想以上に、とても真剣に考えてくれているようだ。

「……晴丘《はるおか》君？」

「あ、いや。そこまで真剣に考えてくれるとは、ってちょっと感動してただけだ。悪い」

「そりゃあ真剣になるわよ。初めての、と……友達の、ためだもの」

「そうか、優しいんだな――って、初めて？」

「ええ」

さらっと頷《うなず》かれたが、今、結構衝撃的な告白をされたような。

「……私、これまで友達いなかったのよ」

「涼夜《すずや》が？　マジか？」

他の奴《やつ》が言ったなら、こんな反応にはならなかっただろう。俺も、幼馴染《おさななじみ》の一陽《かずひ》と、あとはあのド変人・葉介《ようすけ》とつるんでばかりで、友達が多いほうじゃないし。別に友達はいなきゃいけないものだとか、多けりゃいいなんて考え方はしてない。

だけど、涼夜《すずや》は涼夜《すずや》だ。美人で、金持ちで、皆の憧れの的で、学校のアイドル的存在である、涼夜蛍《すずやほたる》だ。常に皆の視線の中心にいるような彼女からそんな言葉が出るのは、意外だった。

「嘘《うそ》だと思う？　じゃあ知っているの？　私の友達」

「それは……」

確かに、そう言われてみると、思い浮かばない。

涼夜《すずや》は皆の憧れの的。それは間違いない。けれど考えてみれば、クラスが違うとはいえ俺が見かけたことのある涼夜《すずや》は、読書に耽《ふけ》っていたり、窓の外の景色を眺めていたり、いつも一人だった。もっとも、涼夜《すずや》ならただ佇《たたず》んでいるだけでも絵になってしまうから、それを孤独だと認識することはなかったけど。

「私、話しづらいでしょう。いつも、自分と周りの人達《ひとたち》の間に、厚い壁があるみたいで。楽しそうにお喋《しゃべ》りしている人達《ひとたち》の輪に、入っていけなくて。……私は相手を硬くさせたり、緊張させてばかり」

伏し目がちな表情から、寂しさが読み取れる。

もしかしたら涼夜《すずや》は、俺が思っているよりずっと、深い孤独を抱えている女の子なのかもしれない。

「涼夜《すずや》……」

自嘲めいた笑みを浮かべる横顔に、俺は何か声をかけようと思ったんだが――

「つまり私は、ぼっち、というやつなのよ」

「いや別に、そんな言葉をわざわざ使わんでも」

「ネットでこの言葉を知って、一度使ってみたかったの」

「覚えたての言葉を使いたがる小学生か！」

続いたそんな会話に、肩の力が抜けた。シリアスな空気台無し。

「なんだよ、なにが相手を硬くさせてばかりだ。十分柔らかいじゃねえか。やわやわじゃねえか」

「ふふ、ありがとう。でもそれは、相手があなただからじゃないかしら？」

「は？」

「前に、言ったでしょう。以前の草間君とのやりとりで、あなたのことが印象に残っていたって」

「ああ、そういや言ってたな」

前に、葉介《ようすけ》がいつものようにおかしな道具を使って教師に怒られていて、俺がそれをフォロー（？）するような場面を見て覚えていたのだと。

「今言った通り、私は友達ってものがいなかったから。だから本当に、あなた達《たち》のことが羨ましかったし、素敵だと思っていたわ」

「はああ？」

何言ってんの涼夜《すずや》。俺とあのオカルト馬鹿のやりとりを、ちょっと美化しすぎなんじゃないか？

「馬鹿だ、なんて言い合いつつ、心の底からは馬鹿にしてなくて。なんでもない日々を一緒に騒いで、笑って……。そういう距離感を、私は誰かと共有したことがなかった。……一緒に馬鹿なことをできて、笑い合える友達なんて、いなかったから。あなたのことが、眩《まぶ》しかったの。

……それに……」

「それに？」

「……いえ、なんでもないわ。ともかく、私は以前から……、昔から。あなたに、興味を惹《ひ》かれていたということ」

「そう言ってもらえるのは光栄なんだろうが、別に俺はすごい人間でもなんでもないぞ？」

「謙遜することないのに。あなたは素敵な人だわ」

「いやいやそんなことはないっすよぼっちお嬢様」

「……ふふ。何か言ったかしら?」

涼夜はにっこりと笑顔で、けれど威圧感のある不穏なオーラを出しつつ、俺のシャツの襟を引っ張った。

「いやさっきは自分で言ってたじゃん！」

「自分で言うのと人に言われるのは違うの。私は言ってもいいけど、あなたが私にぼっちって言ったら駄目。おしおき」

「ドSだな。ぼっちお嬢様じゃなくてぼっち女王様かな？」

「そういう晴丘《はるおか》君は、女王相手にそんな口をきけるなんて、Mの気があるのかしら？」

涼夜《すずや》は俺の襟を引っ張ったまま――ふっ、と破顔した。

「……ふふっ」

そのまま、くす、くすくすくす、と。涼夜《すずや》は肩を震わせて笑う。

「……なるほど。馬鹿なやりとり、というのはこういう感じなのね？」

「おー、そうそう。十分できてんじゃん」

「……だから、あなただから、よ。あなたは面白いわ……私に遠慮しない。あなた相手だと、いつも皆との間にある壁が、薄く感じる」

「俺相手にそう感じるなら、他の奴《やつ》らにだって感じられるだろ。俺は、特別な人間でもなんでもないんだから。……ようはさ、慣れじゃないのか？　余計なお世話かもしれないけど、近寄りがたいと思われるのが嫌なら、自分から話しかけていけばいいんじゃないか。涼夜《すずや》なら誰だって喜ぶし、一回話してみれば、皆涼夜《すずや》の話しやすさに気づくよ」

「……話しやすい？　私が？」

意外なことを言われたように、きょとんと首を傾《かし》げる涼夜《すずや》。

「おお。最初の一回目を突破すりゃ、かなり話しやすいよ」

「……そ、そう？　ふーん。ふふふ」

おお、嬉《うれ》しいっぽい。ちょっとドヤ入ってる、顔を赤らめた笑顔。可愛《かわい》い。

「……こほん。と、ともかく、話を元に戻しましょうか。天ヶ瀬《あまがせ》さんのことよね」

「あー……ま、涼夜《すずや》から見ても何もないなら、もう少し様子を見てみることにするよ。本人が隠したがってることを、周りがあんまつっつくのもよくないんだろうしな」

「そうね、しばらくは様子見かしらね。どうして私と晴丘《はるおか》君の仲を取り持とうとするのかは謎だし、天ヶ瀬《あまがせ》さんが何か悲しんでいるなら、放っておきたくはないけど……。ただ個人的な意見を言わせてもらうなら、空回ってあわあわしている彼女は、とても可愛《かわい》い」

「やっぱり涼夜百合《すずやゆり》だし女王様じゃない!?」

「天ヶ瀬《あまがせ》さんは、表情豊かで、わかりやすいところがいいのよね。正直者だから、目論見《もくろみ》がすぐ顔に出る」

「嘘《うそ》が下手なんだ、あいつは。そのくせ、隠しごとなんてしやがって。ったく……」

「ふふ。そんなに心配して、本当に天ヶ瀬《あまがせ》さんのこと、大切なのね」

「そりゃまあ、幼馴染《おさななじみ》だからな」

「……ふふ。ほんの少し、妬《や》けるわね」

「そんなに一陽《かずひ》に惚《ほ》れ込《こ》んだのか」

「あら。私があなたに好意を持っていて、嫉妬の対象は天ヶ瀬《あまがせ》さん……というふうには考えないの？」

「心配しなくても、そこまでナルシストじゃねえよ」

「だったら逆に、自分を卑下していると思うけどね。……あなたはもう少し、自惚《うぬぼ》れてもいいのよ？」

「は？　何言って……」

ふわり、と。涼夜《すずや》が俺に急接近。長い黒髪が揺れ、甘い香りが鼻孔をくすぐる。

「晴丘《はるおか》君……」

俺の口の隙間に、涼夜《すずや》の人差し指でとあるものが押し込まれ、そのままその指は俺の唇に触れる。――俺の口内にひろがったのは、砂糖菓子の味。

「……甘い」

「この前、駄菓子屋さんで買った金平糖よ」

人差し指を俺の唇に当てたまま、涼夜《すずや》は至近距離で微笑《ほほえ》んだ。

「ふふ。お昼休みの、天ヶ瀬《あまがせ》さんの占いに従ってみたわ。お昼ごはん、ではないけれど、そのくらいは誤差の範囲内、ということで。……ああ、でも」

彼女はそのままゆっくり、「しーっ」というように、俺の唇に当てていた人差し指を、自分の唇の前に立てた。

「今のは、天ヶ瀬《あまがせ》さんには内緒にしておいて」

そうしてぱちりと片目をつむってみせる。ずるい女みたいな妖艶《ようえん》さと、悪戯《いたずら》を成功させた子どもみたいにあどけなさが混ざり合ったその顔に、心臓が跳ねた。

「ずっとぼっちだったからね。『二人だけの秘密』っていうのも、憧れのシチュエーションだったの」

◇

電気代が怖いからという理由で、かぎりなく弱めにクーラーを入れた部屋の中、ベッドに寝転がり天井を見つめる。

八時だ。まだ眠りにつくわけじゃない。なのに俺は何をするでもなくごろごろして非生産的に過ごしていた。……女子ってわかんねーし難しーなー、なんて、思春期かよってことを考えながら。いや高校生だし思春期なんだろうけど。

息を吐き出しながら頭をかいていると、スマホが震えた。着信のバイブだ。スワイプして電話に出ると、ちょうど悩みの種になっていた奴《やつ》、のうち一人の声。

「そうちゃん、そうちゃん」

「一陽《かずひ》。なんだよ、電話なんて」

「あのねあのね、窓の外見て？」

電話越しの声に従い、俺はのそりと起き上がって窓を開く。深夜というにはまだ早い、浅い夜。ぬるい暑さが頬を包む。

窓を開けた先——向かい側には、こちらと同じように窓を開けて顔を出している、一陽《かずひ》の姿。

「へへ、ごめんね。でも、そうちゃんの顔を見ながら、聞きたいことがあったのですっ」

「聞きたいこと？」

対面しているとはいえ、距離はあるため、スマホを通したまま会話する。別に声を張ればスマホなしでも会話できるけど、近所迷惑だしな。

「今日、帰り、涼夜《すずや》さんと二人っきりになったんでしょ？　ずばり、何か進展あった⁉」

「いやあのな。そんなの別に——」

何もねぇよ、と言おうとしたところで。ふっと脳裏に、あの白く長い指が自分の唇に触れたことが、過《よぎ》ってしまう。

「……別に、なんもねえよ」

「えっ、今ちょっと間があったよ⁉　えっえっ、何かあったんじゃないの⁉」

「なんもねえっての！　あーもう、最近のおまえ、マジでどうかしてるぞ。……前までのおまえと違う」

「そう……かな？　私は私なんだけど。別人になったとかじゃないし」

「そりゃそうだけどさ。……でもやっぱ、なんか違う気がする」

「んー……あ、じゃあさ、じゃあさ」

「なんだよ」

「そうちゃんの言う、『前の私』っていうのは、どんなイメージなの？」

「どんなイメージって……」

じっと、俺の回答を興味深く待つように、一陽《かずひ》は俺を見る。

互いに窓を開け、違う部屋の中。手を伸ばしても触れられない距離。

……なんでだろう。夏の夜の、仄《ほの》かな暑さのせいなのか、そんなことがどこか虚《むな》しく感じられた。

同時に、なぜか俺の頭の中に、ふと一つの光景が過《よぎ》る。

「……ひまわり畑……」

「え？」

「あ、いや。なんか急に、子どもの頃行った、ひまわり畑でのこと、思い出して」

どうして今、こんなことを思い出しているんだろう。自分でも不思議だ。

ただ、一陽《かずひ》の言った「前の一陽《かずひ》のイメージ」というのは、まさしくあのときのもののような気がする。

あのときのこいつの笑顔は、なんつーか、すごく……よかったなって思うんだ。

「ほら、子どもの頃、二人でひまわり畑行ったこと、あったよな。なんだったっけ、あれ。どういう状況だったのかは、もうよく覚えてねーんだけど」

記憶なんて、朧《おぼろ》なものだ。ラムネの泡のように。

だから、日付も、詳しい場所も覚えていない。ただ、あのくっきりと晴れた青い空と、こいつの笑顔だけが妙に瞼《まぶた》の裏に焼きついている。

「ああ……あのときのこと？　小学生三年生のとき、葉介《ようすけ》君がどこかから、噂《うわさ》を聞いてきてさ。隣の市には魔法使いがいるんだ、って。それで、三人で探しに行こう！　って約束したんだよね」

「……ああ。あいつ本当に昔っから筋金入りのオカルト好きだよな……」

懐《なつ》かしい。言われてみれば、思い出してきた。あのとき葉介《ようすけ》は「聞いてよ蒼《そう》！　異世界からやってきた魔法使いがいるって噂《うわさ》聞いたんだ！　ちょー会ってみたくない!?　会ってみたいよね！　皆で会いに行こ！」と熱弁していた。小学生のときから何一つ変わってねえなあいつ。

「だけど約束してた日、葉介君《ようすけ》はかき氷の食べすぎでおなかを壊して。私とそうちゃんの二人だけで行くことになって。初めて行った隣の市で、あてもなく冒険するみたいに走り回って……。途中、どこかから飛んできたのか、リボンが宙に舞ってるのを、そうちゃんが見つけて。風に飛ばされるそれを追いかけてその方向に走って行ったら、ひまわり畑があったの」

「……そういえば。リボン、おまえの手首に巻いた気がする……」

風に舞っていた、一本のリボン。晴れた青空に赤がよく映えて綺麗《きれい》だったから、やがて落ちてきて拾ったそれを、一陽《かずひ》の手首に巻いた。

「へへ～、今でも持ってるんだよ、あのリボン」

「ああ、たまに、ブレスレットみたいにしてつけてるよな……おまえ、すげえ昔のものでも、なんでも大事にとっとくよな。いいかげん捨てりゃいいのに」

「え～。人から貰《もら》ったものを、捨てたりなんてしないもん」

「別に俺が買ったわけでもなんでもないけどな」

ただ、落ちてきたから拾って、なんとなく巻いただけだ。

「魔法使いを探してて、ひまわり畑に辿《たど》り着《つ》くなんて、なんだか全然違うけど。それに、結局魔法使いなんていいるはずなくて、しかも帰りが遅くなってお父さんお母さんにはとっても怒られて……。でも、それでも、あの日はすっごく楽しかった」

「そっか、そういやそんなんだったっけか」

遠い日の思い出。ありもしない幻想を馬鹿みたいに信じて、結局目的のものには辿《たど》り着《つ》けなくて。だけど代わりに美しい景色と笑顔の時間を手に入れた。

ふと、昼休みの涼夜《すずや》の言葉を思い出す。恋人を失っても、別の誰かと幸せになれたら、それはハッピーエンドなのか、と。

それとはまた違うけど、目的の何かを手に入れられなくても、代わりに別の何かを手に入れられることはある。——代替、あるいは上位互換。

「……懐《なつ》かしいね。昔は、魔法使いなんて信じてたんだよね」

「さすがのおまえも、今はもう、信じてないか」

「信じてないっていうか……魔法なんて、きっと特別なことじゃないんだと思う」

「え？」

「本当に特別なのは、なんでもない毎日の時間だから」

「おいおい、どうした。急に詩人みたいなこと言いやがって」

「……えへ。夏の夜は、乙女を詩人にするものなのです」

「なんだそれ」

「へへ……なんでもない。急に電話しちゃってごめんね。……おやすみなさい、そうちゃん」

一陽《かずひ》は通話を切ると、窓を閉じてカーテンを引く。

俺は、もう通じていないスマホを眺めながら、ぽつりと一人、呟《つぶや》いていた。

「……いや。どう考えても、なんでもなくないだろ」

◇

今日もよく晴れた青い空を見上げながら、俺は、二人の女の子のことを考える。

昔からずっと一緒だった女の子と、最近知り合った女の子。

俺は、かっこよく女の子を助けるヒーローじゃない。ピンチのときに颯爽《さっそう》と現れて、キラキラとクールに悩みを解決してやることなんかできない。

かっこいいのもクールなのも無理だから——馬鹿は馬鹿なりに、二人を笑顔にするために、できることをするしかないんだ。

「蒼《そう》〜、頼まれてたもの持ってきたよ！　アレやるんでしょ？」

放課後。運動部でもないのにどでかいスポーツバッグを抱えた葉介《ようすけ》が俺の席へやってくる。

「おー、サンキュ。……ってかこんなん今までどこに置いといたんだ？　教室内には置いてなかったよな」

「登校してすぐ、オカルト部の部室に置いてたのさ〜。でも、蒼《そう》が昨日いきなり持ってこいとか言うからびっくりしたよ」

「あー。たしかおまえ、中学のとき通販でまとめ買いしたとか言ってたなーって思い出してさ。俺の家にあるのも持ってきたけど、そんだけじゃ少ないしな」

「つまり、僕の力が必要だった、僕が役に立ったってことだよね？　つまり僕は褒められてしかるべきなんじゃないかな⁉」

あー今日も今日とてうぜえ。しかし実際こいつが持ってきてくれたものが必要だったのは事実なので。

「まあ、そうだな。褒めてやろう」

「えっ」

「俺に勝てたら、な」

そうして俺は、「それ」の引き金を引く。

葉介《ようすけ》に向けた銃口から、発射される。――水が。

「むぐっ⁉　何するんだよ蒼《そう》！　いきなり聖水射出機で攻撃してくるなんて！」

「いやおまえのドヤ顔があまりにもうざかったから……っつーか聖水射出機ってなんだよ、普通に水鉄砲って言えや」

そう。俺が葉介《ようすけ》に持ってきてもらったのは、水鉄砲だ。

「はっはー、ようするに宣戦布告ってこと？　いいよ！　僕の守護霊の力を見せてあげる！」

ドヤっと笑って、スポーツバッグから、とあるものを取り出す葉介《ようすけ》。

それもやはり水鉄砲——だが、俺のものとは全然違う。

水鉄砲というか、水マシンガンだ。俺が持っているものよりずっと大きいし、水もたぷんたぷんに入っていて、何十発でも連射できそうなやつ。

「いやおい卑怯《ひきょう》じゃね？　俺にもそれ寄越せよ。ってかおまえは悪魔とか聖水とか守護霊とか、結局何を信じてて何がしたいの？」

「全然卑怯《ひきょう》じゃないね、これが僕の力だし！　あと僕は悪魔でも幽霊でも、超常的なものはなんでも友達！　そーいうわけで、聖水攻撃っ！」

「うおっ！」

葉介《ようすけ》が水マシンガンを発射。勢いのいい水が、容赦なく連続で発射される。咄嗟《とっさ》に避けたものの、俺の後ろにあった椅子が一瞬でずぶ濡《ぬ》れになった。傍《そば》にいたクラスメイトも驚きの声を上げる。

「どう？　すごいっしょ、僕の守護霊の力！」

「いや普通に水マシンガンの力だろ。守護霊一切関係ねえし！」

「そうちゃん、葉介《ようすけ》君、何してるの？」

そこで、さっき「涼夜《すずや》さんとお話ししてくるね」と言って彼女のクラスに行ってた一陽《かずひ》がひょこっと戻ってきた。

「おお、いいところに。おまえも参加しろ、一陽《かずひ》」

「う、うん?」

俺は一陽《かずひ》に向け、自分の水鉄砲を軽く投げる。わたわたしつつも、一陽《かずひ》はそれをしっかりキャッチ。

そして俺は葉介《ようすけ》のバッグから、予備の水鉄砲を頂戴する。バッグの中には他にも、何丁もの水鉄砲がどっさりと入っていた。……こいつよくこんなに持ってきたな⁉ しかもご丁寧に水を入れて。空ならともかく、水入りとなると重かっただろうに。

心の中でひっそり礼を言いつつ、口にするのは勝負が終わった後にしようと、不敵に笑ってみせた。

「いいか。今から三十分の間で、お互い撃ち合って逃げ合って、一番濡《ぬ》れてる範囲の少なかった奴《やつ》の勝ち。移動範囲は、学校内ならどこでも。教師に捕まったらその時点でゲームオーバーだから……なっ、と!」

軽いジャブのように、俺は一陽《かずひ》に向け水を発射。

しかし、長い付き合いで俺の行動パターンをよく知っている一陽《かずひ》は、「ふふん、そうくると思ってました!」とばかりに、ドヤ笑顔で避けてみせた。

「へへ、いきなりだね。でも、そうちゃんのやることならお見通しなんだから!」

「ふん、そんな呑気《のんき》なこと言っててていいのか? ゲームは既に始まってるぜ」

「了解であります! よ〜し、勝利に向けて、頑張るであります!」

「なんだその喋《しゃべ》り方、何キャラだよ」

敬礼までして、めっちゃノリノリだ。まあ、一陽《かずひ》は真面目ではあるが、もともとノリはいい奴《やつ》だ。こういう悪ふざけには嬉々《きき》として参加する。

「よーし二人とも、僕もいくぞー。くらえ！」

「うおっ」

容赦ない水マシンガンの連射。さっきから俺達《おれたち》の様子を興味津々《きょうみしんしん》で眺めていた、教室内の他の生徒達《たち》も、ワーキャーと高い声を上げる。

にしても、葉介《ようすけ》の水マシンガンは強力すぎる。これは、奴《やつ》の水が尽きたタイミングで攻撃したほうがいいな、と考え、俺は一旦教室を出る。

どこかに隠れて待ち伏せしようか。というかそれより前に、もう一人の参加者候補に声をかけなきゃなーと廊下を走り、階段を下りようとしたところで。運よく、探していた相手を見つけた。

「涼夜《すずや》、ちょうどよかった」

いつ見ても美しい黒絹の髪をさらりと揺らし、彼女は振り返る。俺は彼女のもとまで、階段を駆け下りた。

「あら、晴丘《はるおか》君。ちょうどよかったって？　私を探していたのかしら？」

「ああ。一緒に遊ぼうぜ」

俺はボールをパスするように、涼夜《すずや》に水鉄砲を軽く放る。危なげなくキャッチする涼夜《すずや》。

同時に、俺を追いかけてきた葉介《ようすけ》が階段上に姿を現す。

「見つけた蒼《そう》、覚悟～……って何々、涼夜《すずや》さんも誘ってんの⁉　さすがに僕、涼夜《すずや》さんを水浸しにする勇気はないんだけどぉ⁉」

「おまえの勇気なんか知るか。撃てないなら撃たれるだけだぞ。この学校内は既に戦場なんだ」

「何そのかっこいい台詞《せりふ》僕が言いたかった！　ああそれにしても、撃つのは恐れ多いけど、びしょ濡《ぬ》れになった涼夜《すずや》さんってのは、正直かなり見てみたい！」

「おまえ……本人を前にして、よく大声でそれが言えたな……」

水鉄砲で撃つよりよほど勇気のいる台詞《せりふ》だと思うんだが。無自覚で悪気がないのがタチが悪い。

「……ふうん、なるほどね。よくわからないけど、わかったわ」

俺の隣で、葉介《ようすけ》との会話を聞いていた涼夜《すずや》は、さらりと優雅に髪をかき上げた後、微笑を浮かべ――

「――ようするに、あなた達《たち》を全員、完膚なきまでに倒せばいいのね？」

気高い黒豹《くろひょう》を思わせる素早さとしなやかさで、一気に階段を駆け上がり、葉介《ようすけ》に向け水を放つ涼夜《すずや》。

突然のことで対応できなかった葉介《ようすけ》は、「ぶはっ！」と顔面に水を受ける。

「むむ、いくら涼夜《すずや》さん相手とはいえ、ここまでされたら悪魔使いとして黙ってられないよね！　くらえ、聖水攻撃！」

だからおまえは守護霊使いなのか悪魔使いなのか、悪魔使いならなぜ聖水を使うのか、などつっこみどころは満載だが。ともかく葉介《ようすけ》は水マシンガンを連射。

しかし涼夜《すずや》は軽やかな身のこなしで、ダンスのステップを踏むかのごとくすべて避けてみせる。

華麗に葉介《ようすけ》からの攻撃を避けながら、彼女自身も引き金を引き、再び二発、水を発射。そのどちらも、見事に葉介《ようすけ》の体に命中。

「涼夜《すずや》めっちゃ強っ⁉」

さすがは才色兼備、完璧超人のお嬢様というべきか。

さて。学校内で容赦なく水鉄砲を撃ち合いまくっているという俺達《おれたち》のやりとりに、周りのざわつきもどんどん大きくなってくる。

「何々？　さっきからあの人達《ひとたち》、何してんの？」

「またアレだろ、四組の草間だろ。あの有名なド変人」

別のクラスにまで変人として周知されている葉介《ようすけ》。だが本人は呆《あき》れた視線にも憶することなく、胸を張って肩からかけていたスポーツバッグの中身——大量の水鉄砲をばら撒《ま》く。

「ふふーん、交ざりたい奴《やつ》は交ざるがいいさ！　ほら、武器ならここにあるよ！　僕は今、最強の悪魔使いにして禁忌の武器商人！」

　堂々と放たれた意味不明な台詞《せりふ》と謎の決めポーズに、周囲はいっそうザワザワする。だが、ざわめきの一つ一つに耳を傾けていくと、意外と呆《あき》れよりも興味のほうが勝っているようだった。

「よくわかんないけど、なんか面白そう」

「まーたあの変人の草間のやってることだろ？　かかわらないほうがいいって」

「でも、楽しそう～……青春っていいなあ……」

「何言ってんのおまえ」

「草間に関してはアレだけど、す、涼夜《すずや》さんがやってるなら、俺も……」

「あたしもやりたーい！　今日あっついから、むしろ水、浴びたいし！」

　以上、周囲の反応の一部抜粋。参加希望者達《たち》は、葉介《ようすけ》から予備の水鉄砲を受け取る。

「しまった、さすがに足りないよ、蒼《そう》」

　予想外に参加したがる奴《やつ》が多かったため、すぐに水鉄砲はなくなってしまう。

　だから俺は、すうっと息を吸い込んだ後、周囲に聞こえるよう大声を上げた。

「この水鉄砲バトルは自由参加だ！　交ざりたい奴《やつ》は誰でもかかってこい！　水鉄砲の数には限りがあるから、ない奴《やつ》はペットボトルでもバケツでも好きに使え！　ただし暴力は禁止、物理的に痛いもん飛ばしてくるのも禁止な！」

俺は、葉介《ようすけ》のように潔《いさぎよ》いほどの変人ではないし、はっきり言ってこんな目立つような真似《まね》、すげえ恥ずかしい。

だが、だからこそ。中途半端《ちゅうとはんぱ》はもっと恥ずかしいし痛々しい。こういうのはいっそ、突き抜けた馬鹿になったほうが清々《すがすが》しいと思い、堂々と言い切った。

すると、その潔《いさぎよ》さが功を奏したのだろうか。周囲の生徒達《たち》は「うおー！」と拳を突き上げ、それぞれ葉介《ようすけ》から受け取った水鉄砲を構えたり、水の入ったペットボトルを取り出したり。一気に規模が大きくなる。

自由な校風のせいか、皆ノリがいいな。もっとも、涼夜《すずや》という学校のアイドルがいるおかげが大きいと思うが。俺と葉介《ようすけ》だけだったら、変人どものやっていることとして完全無視されていたかもしれん。

「はーっははぁ！　一般人がどれだけ束になってかかってこようとも、この僕の攻撃には敵《かな》わないさ！」

葉介《ようすけ》はまだまだ水の残っている水マシンガンで周囲を乱射。「うおー」とか「きゃー」とか、悲鳴のようでいて、楽しそうな声が上がる。

「うっわ、アレずるいだろ！」

「おい、皆であいつ集中的に狙おうぜ！」

「はっはー、僕はそう簡単には倒されないぞ！　今こそ、オカルト部に代々伝わる妙技が炸裂《さくれつ》するときっ！」

皆から的にされる葉介《ようすけ》。涼夜《すずや》は黒髪をなびかせ、早足でその場を背にする。

「おい、涼夜《すずや》？　参加しないのか」

「するわよ、もちろん。けど、その前に銃弾を補充しにね」

「ああ、水道か」

「ええ。……ふふ、装填し終わったら、存分に戦いましょう」

「やる気まんまんだな。いいぞ、受けて立つぜ」

「ふふふ。次に会ったときは、敵同士ね。その心臓、私が撃ち抜いてあげるわ」

「いやめっちゃノリノリだな⁉」

うきうきした足取りで水道に向かう涼夜《すずや》の後ろ姿を、見送った。


「やあ……！」

「おっと、そうはいかないぜ」

お互い別の水道から水を補充してきた俺と涼夜《すずや》は、再び顔を合わせ廊下で撃ち合いになっていた。

水鉄砲で撃てる水の量には限りがある。だからお互い睨《にら》み合《あ》い、距離を詰め合い、慎重に一発ずつ撃って、避けて。

今のところ俺も涼夜《すずや》も、肩先や足もとを軽く濡《ぬ》らす程度で、気持ちのいい命中というものには至っていない。

「……っ」

涼夜《すずや》が引き金を引いたが、水が出てこない。中の水がなくなったのだろう。

「弾切れだな。降参するか？」

「まさか。ふ……甘いわね、晴丘《はるおか》君」

「⁉」

涼夜《すずや》は口角を上げ、自分のスカートをめくる。太股《ふともも》は露《あら》わになるが、下着は見えない絶妙なめくり具合。

その白い太股《ふともも》には、紐《ひも》で、水の入った小さめのペットボトルがくくりつけられていた。

そんなもんつけてたらスカートの膨らみ方でわかりそうなもんだが、ペットボトルを太股《ふともも》の裏側のほうにつけていたので、今まで気づけなかったのだ。

「……いや、補充用の水ってのはいいけど、わざわざそこにつける必要あったか？」

別に腰にくくりつけるでも、ポーチに入れて提げておくでもよかったような。

「替えの武器といえば、ガーターベルトでしょう。映画みたいで、一度やってみたかったの」

「さいですか……」

「物事には、お約束というものがあるでしょう。アクションといえばガーターベルトに武器、難病ものといえば遺書、異世界転生といえばチート。そんなものよ」

「アクションと難病ものはまだしも、涼夜《すずや》、異世界ものとかも嗜《たしな》むの⁉　意外の極みなんだが⁉」

「ふふん、私は異世界転生もののスペシャリストよ」

涼夜《すずや》は得意げな表情で水鉄砲に水を注《つ》ぎ足す。俺はその間、手出しせずに見ている。あれだ、ヒーローの変身中は、敵は攻撃してこないの法則。これも一つのお約束ってな。さすがにここで攻撃するのは野暮というものだし、素敵な太股《ふともも》を見せてもらった礼もこめて手出ししないでおいた。

「さあ、晴丘《はるおか》君。形勢逆転、といったところかしら？」

水鉄砲に新たな水を入れ終わった涼夜《すずや》は、悪戯《いたずら》っぽくウインクし、こちらに銃口を向ける。

「！」

まさに、ちょうどそのとき。俺は涼夜《すずや》の背後に、一陽《かずひ》の姿を見つけた。

葉介《ようすけ》か、はたまた別の生徒かとバトルしていたのであろう一陽《かずひ》は、まだ俺達《おれたち》のことには気づいておらず、水鉄砲を持ったままきょろきょろしていた。

しかし一陽《かずひ》は、俺と涼夜《すずや》が二人でいるところを見つけると、はっとしたように目を見開き、そそくさと去ろうとする。

それはまるで、「二人の間に、私がいたらお邪魔だから」とでも言うようで。

「おいコラ、一陽《かずひ》！」

だけど、だからこそ俺はそんな一陽《かずひ》に、声をかける。

「おまえも来いよ。共闘しようぜ」

「えっ。で、でも、私は……っ」

「あら、天ヶ瀬《あまがせ》さんは私の味方をしてくれるのよね？　一緒に晴丘《はるおか》君を水責めにしてあげましょう」

「いやいや、一緒に涼夜《すずや》をびしょ濡《ぬ》れにしてやるんだよな、そうだろ？」

「……わ……私は……二人とは……」

困ったように眉根を寄せ、拒むように苦しそうな目をする一陽《かずひ》。

なんだよ。なんでそんな顔するんだ。そんな顔、おまえには似合わない。

もっと、もっと。楽しいことをして、馬鹿みたいに明るく笑ってるのが、俺達《おれたち》にはお似合いだろうが。

「ほら、一陽《かずひ》！」

「天ヶ瀬《あまがせ》さん」

俺と涼夜《すずや》は、二人で、笑って。

「一緒に遊ぼう」

「一緒に遊びましょう」

その場に踏みとどまり、今にも逃げ出してしまいそうな一陽《かずひ》の前に。

手を、差し出す。

「……っ！」

一瞬、一陽《かずひ》は泣きそうな顔をした。

だけど、ぎゅっと胸もとを握りしめて、一度下を向いて。

すぐに顔を上げて——笑った。

「わ……私は！　私は、どちらにも味方しないのです。なぜなら」

ビシッ、と。効果音が聞こえてきそうなほどノリノリで、決めポーズしてみせる一陽《かずひ》。

「私は、中立であり平和の味方！　正義のスーパーヒーローだからです！」

「なるほど、コロッケマンか」

「コロッケマンね」

「ああっ、その呼ばれ方はちょっと恥ずかしいかも！　いつまでも引きずらないでそのネタあ！」

「おまえが自分でスーパーヒーロー言ったんだろ」

「そ、そうだけどっ、今はコロッケ持ってないし、水鉄砲マンです！」

「言いづらいな。コロッケマンのほうが言いやすい」

「一瞬で却下されたぁ！　と、ともかく！　正義のスーパーヒーローは、遊ぶと決めたからには本気です！　本気で遊ぶのです！　だから手加減しないんだからね、そうちゃん、涼夜《すずや》さん！」

だっ、とこちらに向かい走ってくる一陽《かずひ》。涼夜《すずや》は応戦の構えをとる。

「くらえ……っ」

「ふふっ、そう簡単にはいかないわ……」

「コロッケマンビ――――ムっ！」

「っ!?」

真剣な顔つきで、一陽《かずひ》が水とともに放った台詞《せりふ》に、涼夜《すずや》はぶはぁっ、と盛大に噴き出した。

そのまま腹を抱え、笑いのあまり身動きがとれなくなっていた涼夜《すずや》に、一陽《かずひ》の発射した水が命中。一陽《かずひ》はぴょんぴょんと飛び跳ねて勝利を喜ぶ。

「やったー！　やったよ〜っ！」

「い……っ、今のは……っ、反則……っ！」

涼夜《すずや》は顔を真っ赤にし、まだ全然おさまらない笑いでぶるぶる震えている。相当ツボに入ったらしい。

「さあ、次はそうちゃんの番だよ！」

「おう。かかってこいよ、一陽《かずひ》」

こちらに向け発射されたコロッケマンビームこと水を避け、俺も一陽《かずひ》に水を撃つ。避けきれなかった一陽《かずひ》は「わわっ」と制服の襟もとを濡《ぬ》らした。

「ふん、やっぱりおまえが俺に勝つのは、十年早いな」

「まっ、まだ上がちょっと濡《ぬ》れただけだもん！　勝負はここからだよ！」

水鉄砲を向け合い、じりじりと間合いをとる俺達《おれたち》。

そこで、バタバタと足音が迫る。別のバトルから逃げてきたのか、ずぶ濡《ぬ》れになった女子生徒達《たち》がこちらにやって来た。

「あ〜も〜めっちゃ濡《ぬ》れた〜！」

「でもやばいね、なんかすっごい楽しい！」

「あれっ、涼夜《すずや》さんだ！　なんかめっちゃ笑ってない？」

「マジで⁉　涼夜《すずや》さんって、冗談とか通じない、クールな人かと思ってた……」

「でもいいね。親しみやすくて可愛《かわい》いかも……」

そんなふうに話題にされている当の本人は、ようやく笑いがおさまってきたようで、さらりと髪をかき上げた。周囲の会話のことはひとまず置いておくようで、一陽《かずひ》に語りかける。

「……ふふ、天ヶ瀬《あまがせ》さん。晴丘《はるおか》君だけあんまり濡《ぬ》れてないなんて、ずるいわよね。私も加勢するから、二人でぎゃふんと言わせてあげましょうか？」

ぎゃふんて死語じゃね？　まあ涼夜《すずや》なら「一度言ってみたかったの」ですませそうだけどね。

「なんだよ、二人がかりでくる気か？　コロッケマンは中立だったはずだろ」

「ええ、そうなのでしょうね。でも、天ヶ瀬《あまがせ》さんが私の味方じゃなくたって、私は天ヶ瀬《あまがせ》さんの味方なのよ」

「な、なんかその台詞《せりふ》だと、まるで私が悪役だね……!?」

「ふん、まあいい。二人いっぺんにだろうと、相手してやるよ」

「ええ。私達《わたしたち》はもう、こんなにもびしょびしょの濡《ぬ》れ濡《ぬ》れなんだから……責任とってもらわないと」

「何そのやばい台詞《せりふ》わざと言ってんの!? 天然なの!?」

ちょっと刺激が強くないっすかね。制服、濡《ぬ》れて結構透けてるし。

「はあ……と、ともかく」

こほんと一息《ひといき》吐き、乱れかけた心を落ち着けて、二人と向かい合う。

眉を吊《つ》り上《あ》げ、まっすぐに目を見て。遊びでも——遊びだからこそ、真剣に。

「さあ。決着をつけようぜ」

「うん！」

「ええ」

周囲の生徒達《たち》も面白がって囃《はや》し立《た》てる中、俺達《おれたち》はそれぞれ引き金に指をかけ——

——その瞬間、凄《すさ》まじい煙に包まれた。

「ぶっふぉあ!? な、なんだこれ!?」

煙を噴射しているのは、いつの間にか俺達《おれたち》の足もとに転がってきていたボール状のもの。ぶしゅーっと、強力殺虫剤でも撒《ま》き散《ち》らしてんのかってくらい周囲を真っ白に染め上げる——あ、見覚えあるわこれ。

以前、葉介《ようすけ》が教師に怒られる原因となったもの。涼夜《すずや》が俺を印象的だと思ったというときのアレ。葉介曰《ようすけいわ》く、通販で買った最高最凶の呪術道具。周囲からしたら迷惑なだけの玩具。

そしてもうもうとひろがってゆく白い煙の中から、その男は姿を現す。

「やっほー蒼《そう》～！　主人公のピンチに颯爽《さっそう》と見参、これぞおいしいとこどり！　というわけで加勢しに来てあげたよー！　褒めて褒めて～!!」

「クソうぜえええええ!!　邪魔しに来たの間違いじゃねーのか!?」

「何それ心外なんだけどぉ！　一体全体僕のどこが邪魔だっていうのさ！」

「存在が邪魔！　うぜえ！　ってか超びっしょびっしょだなおまえ!?　ちょっと見てなかった間にどんだけ他の生徒達《たち》の的にされてんだ！」

「なんだよー、僕は濡《ぬ》れたんじゃないし、濡《ぬ》らされてやったんだし！　水も滴《したた》る天才黒魔術師だからね！」

「うあーうぜーマジうぜえー！　しかもやっぱり設定ブレブレだし！　悪魔使いとか言ってたくせに！　ああもう決めた、まずてめぇから撃ち抜いてやる！」

立ちこめる白煙の中、戦いの火蓋が切られようとした、その瞬間——

「ま・た・おまえらかあああああ――――――――――っ‼」

……担任の、絶叫にも似た怒声が響き渡ったのだった。


「言いたいことは山ほどある！　だがまずはとっととジャージに着替えてこい！　仮にも生徒に風邪ひかれちゃ困るからな！　まあこのクソ暑い中じゃどんだけ濡《ぬ》れたって風邪なんかひきゃしないだろうが……一応、念のためな！　説教は、着替えた後だ。たっぷり絞ってやっから覚悟しとけ！」

根は優しいけど口が悪いことで有名なうちの担任（毎度毎度葉介《ようすけ》の奇行を注意させられていれば、そりゃ口が悪くもなるだろうが）が吠《ほ》えるようにそう言ったため、俺達《おれたち》は教室に戻り、濡《ぬ》れた制服からジャージに着替えることになった。

なお、「どうせ草間と晴丘《はるおか》が主犯で、他の奴《やつ》らは唆《そそのか》されたとか、巻き込まれたとかだろ？代表してその二人が説教！　他の奴《やつ》らは解散！　風邪ひかねえように家帰って寝てろ！」という処遇である。間違ってないぞ担任。ナイス判断！

俺、一陽《かずひ》、涼夜《すずや》、葉介《ようすけ》と四人で教室へと向かう。涼夜《すずや》は別のクラスだが、途中まで廊下を一緒に歩く。

程度の差こそあれ、全員びしょ濡《ぬ》れでひどい状態なのに、無性に笑いがこみ上げてきて止まらない。

「あははは っ、あ〜、楽しかったね、そうちゃん」

「おー」

「水鉄砲なんて、子どものとき以来。でも、急に始めるからびっくりしたよ〜。どうしたの？今日は突然」

一陽《かずひ》は教師に怒鳴られてもまだ、さっきまでの馬鹿騒ぎの余韻が抜けていないのか、ふにゃふにゃと顔がゆるんでいた。

「別に。どうしたってわけでもねえけど。ただ」

「うん？」

「おまえ、こういうの好きじゃん」

こうして皆で、くだらないことをして、賑《にぎ》やかに笑って。

そういうのが、俺にも一陽《かずひ》にもお似合いだ。

「……うん。好きだよ」

ふにゃん、と。ただでさえゆるんでいたのから、更に一段ゆるゆるの笑顔をみせる一陽《かずひ》。そうだよ、その顔だ。

――おまえは、そういう顔で笑ってりゃいい。

「懐《なつ》かしいなあ。昔はこういう馬鹿みたいなこと、よくやったもんね〜」

「む、ちょっと待ってよ一陽《かずひ》ちゃん、馬鹿みたいとは酷《ひど》くなーい？　僕は馬鹿じゃなくて、天才黒魔術師なんだけど！」

「えっ、あ、あの、違うよ！　今のは別に、貶《けな》したわけじゃなくて……。そう、いい意味の馬鹿みたいだよ！　いい意味！」

「そっか、いい意味かー！　じゃしょうがないね！」

「それで納得するおまえすげえな⁉」

「ほ、ほらっ、前そうちゃんも言ってたし！『人間なんかどーせ全員馬鹿なんだから、変にかっこつけず自分に馬鹿正直に生きんのが一番楽しーんだよ』って」

「そんなこと一度も言ったことねえよ⁉　適当にでっちあげんな！」

俺達《おれたち》の会話に、涼夜《すずや》はくすくすと笑う。

そしてそんな彼女に、声をかける人達《ひとたち》が。

「あっ、涼夜《すずや》さん！　さっきまでの水鉄砲バトル、楽しかったよね！　よかったら、また遊ぼうね！」

その女子達《たち》の言葉と笑顔に、涼夜《すずや》は驚いたように目を見開く。

「……え、ええ」

戸惑い、困惑して——それでも、とても嬉《うれ》しそうに。眩《まぶ》しい太陽の光を浴びたかのように、涼夜《すずや》は笑って彼女達《かのじょたち》に返事をする。

「約束よ。遊んでね！」

手を振って彼女達《かのじょたち》と別れた後も、涼夜《すずや》は唇の端が上がったまま。ふにゃっとしている一陽《かずひ》に負けず劣らず、顔がゆるんでいた。

「晴丘君《はるおか》」

一陽《かずひ》と葉介《ようすけ》が話している間に。涼夜《すずや》が俺の服の裾を引っ張り、小声で話しかけてきた。

「………ありがとう」

「なんだ、涼夜《すずや》はびしょびしょにされると礼を言う性質があったのか？　女王様かと思いきや、意外と被虐趣味もあるんだな」

「茶化さないで」

軽く拗《す》ねたように俺の耳を引っ張ると、耳もとでひそっと呟《つぶや》く。

「……晴丘《はるおか》君。私に、『馬鹿なこと』をさせてくれたんでしょう？」

「させてくれたって、なんだ？　俺はなんもしてないだろ。涼夜《すずや》が子どもみたいに水鉄砲にはしゃぎまくって超ノリノリで、それを見た皆が『あ、涼夜《すずや》って全然クールじゃねえわ。案外面白いじゃん』って思った。そんだけだろ」

「……その言い方は、若干引っかかるところもあるけど。……でも」

くすぐったくなるような視線を向けられる。柔らかな微笑が眼前に浮かぶ。

「……あなた、優しいのね。とても」

「違うけど」

「え？」

「俺が、ただ楽しく馬鹿騒ぎをしたかっただけだし。夏休み前にぱーっと遊びたかったんだよ。……新しくできた、大事な友達と」

「それって……」

あらためて口にすると、青春ドラマかってくらいに照れくさい台詞《せりふ》で、目を逸《そ》らしながら言うしかなかった。

「ま、なんだ……それにほら、一陽《かずひ》も笑ってるし」

「……そうね。天ヶ瀬《あまがせ》さんの笑顔は、やっぱり素敵」

俺達《おれたち》の少し前を歩きながら、葉介《ようすけ》と「馬鹿」の定義についてわいわい喋《しゃべ》っている一陽《かずひ》。そんなあいつを眺めながら、俺はつい、ガラでもないことを呟《つぶや》いてしまう。

「……こんなの、ただほんの少しの間、気を紛らわせるにすぎないのかもしれない。でも」

気恥ずかしい台詞《せりふ》だ。本人には聞かれないよう声を潜め、隣にいる涼夜《すずや》にだけ届くように話す。

「それでも俺は――たとえ一秒、一瞬であっても、あいつには笑顔でいてほしい」

偽善的なことなんてどうだっていい。かっこよくなくていい。

ヒーローみたいに颯爽《さっそう》としたやり方なんか俺にはできないから、馬鹿みたいで、くだらなくて、その代わり思いっきり笑い飛ばせるようなやり方でやるんだ。

僅かでも、あいつの苦しみを和らげられるように。もしも時間が解決してくれるような問題であるなら、解決までの間が少しでも、安らかなものであるように。

——なんてことを話しているうちに教室に着き、涼夜《すずや》と別れる直前。ぼそりと、かろうじて聞き取れるくらいの小ささで、涼夜《すずや》の声が聞こえた。

「…………本当に。あなたは、優しい」

「涼夜《すずや》？」

「ふふ。ううん、なんでもないわ。……ただ」

微《かす》かに濡《ぬ》れた黒髪が翻《ひるがえ》ると、水の粒が宝石のように輝く。涼夜《すずや》はそのまま自分の教室に入り
——去り際に、小声で呟《つぶや》いた。

「少しだけ……あなたの隣が、羨ましくなってしまっただけ」

花火の夜に

日々は流れてゆく。本格的な夏の始まりだ。

日差しはいっそう強まり、青い絵の具を塗り重ねてゆくように、空の色も日に日に濃さを増している。隣の家……天ヶ瀬《あまがせ》家に提げられた風鈴が、風に揺れるたびチリンと音を立てる。

あれからも一陽《かずひ》は相変わらず、俺と涼夜《すずや》の仲を取り持とうとしている。

——一陽《かずひ》は何か、焦《あせ》っているように見えた。

一日、一日と、まるで何かに迫られているかのように。

「蒼《そう》〜」

七月十五日。月曜日だけど海の日で休日。

特に用事もない俺は、小遣い稼ぎのために親が営んでいる定食屋の手伝いをしていた。自宅とは別の場所で営業している、お洒落《しゃれ》というわけではないが、ほっとできる雰囲気で、居心地のいい店だと思う。常連のお客さんも多い。

夏休みになれば、一陽《かずひ》と約束した祭りがある。気前がいいとはいえない俺だけど、祭りの日くらい景気よく奢ってやりたい。あいつの好きな林檎飴とか、チョコバナナとか、わたあめとか。……甘いもんばっかだな。「おいしい～でも太っちゃう～でもおいしい～」と困ったように笑ってわたあめをもふもふ頬張るあいつが容易に想像できる。

「蒼《そう》、蒼《そう》ってば、ちょっと」

「ん、ああ。何？」

厨房《ちゆうぼう》で食器を洗っていた俺に、母さんが話しかけてくる。

「これ今、お客さんから貰《もら》ったの。田舎から送ってきたから、おすそわけだって」

「お、桃。すげーいっぱいだな」

「でさ。今日はお客さんも少ないし、もう上がっていいから、天ヶ瀬《あまがせ》さんちに、これ持ってっといて。おすそわけ」

「一陽《かずひ》んちに？」

「うん。いっぱいあるし、一陽《かずひ》ちゃん、桃、大好きじゃない？　喜んでくれるかなと思って」

桃が大好きというか、あいつは果物全般が好きだし、果物じゃなくたってうまいものはなんでも好きだ。再び「おいしい～でも太っちゃう～でもおいしい～」とハムスターみたいに頬をいっぱいにする一陽《かずひ》の顔が思い浮かぶ。あいつ食ってばっかだな。

ともかく、そんなわけで俺は今一陽《かずひ》の家に向かっている。

向かっているも何も、あいつんちは俺の家の隣だ。幼い頃から通い慣れていて、家族全員顔見知りなので、訪ねることになんの緊張もない。

「あらぁ、蒼君《そう》」

一陽《かずひ》の家の前まで来たところで、一陽《かずひ》の母さんと出くわした。いつ見ても、高校生の子どもがいるとは思えんくらい若くて綺麗《きれい》な人だ。一陽《かずひ》が大人になったらこんなふうになるのかな、っていうような。

「ちわっす。今からどこか出かけるんすか？」

「ええ、ちょっとお友達の家にね。蒼《そう》君は、一陽《かずひ》に用かしら？」

「あ、えっと。これ、おすそわけです」

たっぷり桃の入ったビニール袋を見せると、一陽《かずひ》の母さんは目を輝かせる。

「まあまあ、どうもありがとう！　あ、そうだ蒼《そう》君。せっかくだし、一陽《かずひ》と一緒に食べていったらどう？」

「一陽《かずひ》と？」

「ええ。なんだかあの子、最近様子が変な気がして。蒼《そう》君に一緒にいてもらったら、元気が出ると思うのよね」

「あー。まあ、いつも学校では一緒にいるんですけどね」

「あらぁ、言われてみれば、それもそうか。でもせっかくだし、上がっていってほしいわ〜。私は、もう行かなきゃいけないのが残念だけど」

一陽《かずひ》の母さんは腕時計をチラ見すると、「あらいけない」と笑顔で俺に手を振り、歩き出す。そして去り際に言った。

「一陽《かずひ》、今は部屋にいるから。うふふ、それじゃあごゆっくり～」

上がっていって、と言われたことだし、俺は遠慮なく天ヶ瀬《あまがせ》宅に足を踏み入れる。休日だが、一陽《かずひ》の父さんはどこかに出かけているのか、家の中にはいないようだった。階段を上がり、一陽《かずひ》の部屋へ。

互いの部屋に入るのに遠慮する仲でもないけど、一応ノックでもしようとしたんだが。部屋の扉は少し開いていた。

中に入ると、いつも綺麗《きれい》に片付いている一陽《かずひ》の部屋が視界にひろがる。

カントリー調、とでもいうんだろうか。木製の、柔らかな雰囲気の家具で統一された部屋の中には、パッチワークのクッションが置かれていたり、テディベアが飾られていたり。素朴かつ、可愛《かわい》いもの好きなあいつらしい部屋。

「……ん」

風を取り込むためなのか、窓は開け放されている。ドアのこともだけど、少し不用心じゃないだろうか。

風で、レースのカーテンが揺れる。一陽《かずひ》はそのカーテンの下、ベッドで眠っていた。

暑さのためか、最初はかけていたのであろうタオルケットは完全に体から離れており、部屋着もめくれてへそが見えている。そのチラ見えした腹の白さに一瞬ドキッとしたが、「まあ一《かず》陽《ひ》だし」と気持ちを落ち着かせた。

いやうん別に。昔はよく一緒に昼寝とかしたたし。今更寝ている姿を見たって、どうってことない、はず、だろ、うん。……うん。

妙に暑いのは、夏のせいだ。

そのはずだ。

「……う……ん……」

じっと寝顔を見てしまっていたところでの一陽《かずひ》の声に、ビクッと背筋を伸ばす。

「……そうちゃん……」

「おう一陽《かずひ》、起きたか。桃持ってきたぞ、食おうぜ」

「…………」

「一陽《かずひ》？」

「ごめんね……そうちゃん……」

一陽《かずひ》は目を閉じたまま、ぼんやりとした口調だ。あ、寝言かこれ。

「何謝ってんだ。どんな夢みてんだってての。謝られるようなことされてねーぞー」

眠っているとわかりつつ、つい話しかけてしまう。なんなんだこいつ、夢の中で俺のおやつでも食ったのか？

「それより、桃があるから、起き――」

頬でもつついて一陽《かずひ》を起こそうかと思った――が。途中で言葉が出てこなくなってしまった。

閉じられたままの瞳から、滑り落ちたものがあるから。

降り始めの雨にも似たそれ。透明な一雫《しずく》。

一陽《かずひ》の、涙。

「……私には、もう……時間がないから……」

時間がない？

なんだ、それは。

「だから、そうちゃんは……別の人と、幸せになって……」

……暑かったはずなのに。ぞくっと、冷たいものが体を駆け巡った。

同時に、今までのことが、脳裏に蘇《よみがえ》る。

以前一陽《かずひ》と話した、映画のこと。単なる仮定であり、他人《ひと》ごとでしかないと思っていたこと。

――「そうちゃんだったら、どうするの。彼女が病気で、余命数ヶ月とかになったら」

一陽《かずひ》は、感動できる映画は考えさせられると、好きだと言っていた。なのに。

――「えっ、あ……うーん。そんなに……好きじゃないかも」

あんなに短期間で、全然違うことを言って。

おかしい、よな。こんなに短い間で、そんなふうに変わるわけがない。

それでも、あいつは変わった。

ならそのきっかけは、なんだ？

あの日。あの、あいつがあんなにも潤んだ目をしていたあの朝。

俺は言った。どこか痛いのかと。病院に行くかと。

そのとき、あいつはなんて言っていた？

――「う、ううん、病院は、もう……」

……たとえば、の話だけど。

もう、既に病院には行っていて。

それで、自分の余命が残り少ないことを知った、とかなら――

「一陽《かずひ》」

自分の声で、自分が無意識に一陽《かずひ》の名を呼んでいたことに気づく。

「一陽《かずひ》」

気づいても、やめられなかった。涙を流した寝顔と、不穏な寝言に心をかき乱されて。

「一陽《かずひ》……！」

「……ん……」

一陽《かずひ》は目を開き、ぼんやりと、まだ夢と現実の境にいるような目で俺を見る。

「一陽《かずひ》、おまえ」

「そう……ちゃん？」

「おまえ、死ぬのか？」

「────」

だが、やがてゆっくりと首を振った。

一陽《かずひ》は一瞬目を見開く。

「……ううん。死なないよ」

「じゃあ、なんで泣いてんだ」

「な、泣いてる？　なんの話？　私は、泣いてなんか……」

「これはなんだよ」

俺は、一陽《かずひ》の頬を伝っていた涙を指ですくう。指先が透明に濡《ぬ》れた。

「あ……あれ……変だね。雨が降ってきたのかな？」

「……降ってない。今日はよく晴れてんだよ」

開け放されたままの窓。外は明るく晴れている。そうだ。こんなにも、こんなにも、空は青く晴れているのに。

暗くぶ厚い雲がかかっているような、この不安と焦燥はなんだ？

「え、へへ……そうだよね。変だね、私……」

俺の心配をそっと遠ざけるように、一陽《かずひ》は力なく笑う。

ああ。嫌だ。そんな顔で笑うな。——笑ってないくせに、笑うな。そんな顔してほしいわけじゃないのに。

「あ、あのね。また、怖い夢をみちゃって」

わからない。どうして隠すんだ。何かあるなら、なんでも言ってほしいのに。力になりたいのに。

何も言ってくれないから、何もできない。

「私ね、最近、夢見が悪いんだよ」

「ほう」

「ほ、本当だよ？　夜ね、眠るのが、怖くって。暗い中で目を閉じるのが、落ち着かなくて……。え、へへ。夜眠れないからお昼寝、っていうのも、変な話だけど」

「そうかそうか」

「……う、嘘《うそ》じゃないってば、へへ……」

嘘《うそ》ではないのかもしれなくたって、何か隠しているのは明白だ。ずっと、一陽《かずひ》は俺に何かを秘密にしている。

怒りじゃない。ただ、もどかしかった。傲慢かもしれないけど、頼ってくれないことが虚《むな》しかったんだ。俺は信用に値しないのだろうか、と。

ずっと傍《そば》にいたのに。

こんなに、近くにいるのに。

「眠るのが、怖いのか」

「う、うん……」

「じゃあ、一緒に寝てやろう」

「うん……」

頷《うなず》いた後、一陽《かずひ》は俺の言葉の意味に気づき目を見開く。

「……ふえっ？」

「怖い夢なんかみねえように、俺が一緒に寝てやるよ」

ふざけた言葉は、単なる俺の意地の悪さと、小物さの発露だ。

幼馴染《おさななじみ》に頼られないことが悔しくて、困らせるようなことを言ってしまう、子どもじみた自分が嫌になる。一陽《かずひ》のことを追い詰めたいわけじゃないのに。

「え……え、ええっ⁉　な、何言ってるの、そうちゃん」

「なんだよ、子どもの頃はよく一緒に昼寝しただろ」

「そ、そうだけど……でも、そうじゃなくてっ」

「遠慮すんなよ、おまえが悪夢にうなされないように、隣で手を握っててやろうか？　なんなら子守歌を歌ってやってもいいぜ」

「う、うぅ……」

「どうだ、嫌だろ。……嫌なら吐いちまえよ」

おまえの中にある、得体の知れない何かを。おまえを悲しませているものの正体を。

けれど一陽《かずひ》は困惑した表情で黙ったまま、ぎゅっとシーツを握りしめる。

そうして一度顔を俯《うつむ》けた後……ゆっくりと、俺を見上げた。

「……嫌、じゃ、ないもん」

涙を流したばかりで、まだ潤んでいる瞳。縋《すが》るように俺を見つめる。

「眠るのが怖いのは、本当に本当。眠ったら、もうこのまま、目を開けられなくなっちゃうんじゃないかって。……暗い中で一人、目を閉じているのは怖い。眠りたくても眠れないし、やっと眠れても、浅い眠りの中で嫌な夢をみてばかり……。一人は、嫌だよ」

揺れる瞳の中に俺がいる。まるで、何かを試されているかのような気分だ。

「だから……そうちゃん。一緒に、眠ってくれる?」


なんで、こんなことになってんだっけ。

けっして大きいとはいえない、一つのベッドの上に二人。

幼馴染《おさななじみ》とはいえ、仮にも年頃の男女の状況としては、絶対おかしい。

いやまあ、発端は俺なんだけど。でもあくまで断られること前提で言った、意地の悪い挑発だったのに。まさか逆に頼まれるとは思わないだろ。

俺のほうが断ればよかったのかもしれないけど。でもあの流れの中では拒否もできず、意地になって受け入れてしまった。馬鹿なのか俺は。馬鹿だな。

「……そうちゃん」

さすがに向かい合うような度胸はなかったので、俺は一陽《かずひ》に背を向けていたんだが。名前を呼ばれたので、そっと一陽《かずひ》のほうを向く。

「……なんだよ。とっとと寝ろよ」

「ごめん。でも、そうちゃんの顔を見てると、落ち着くから」

「……ああ、そうかよ……」

褒めてるつもりなのかもしれないが、妙に胸がモヤモヤした。こっちは全然、落ち着けなんてしないから。胸の鼓動がやばいから。

全身がむずむずするようでもあり、ひどく心を乱されている。こんな気持ちになっているのは俺だけなのか？

なんで、一陽《かずひ》相手にこんな気持ちになるんだ。

こいつは幼《おさなな》馴染《じみ》。妹みたいなもんだ。

何も意識する必要なんかない。昔は、一緒に寝ることなんかよくあっただろ？

思い出す。そうだ、あれもちょうど夏の、この家でのこと。一階の和室、畳の上で、二人で昼寝をしていた。

窓の外はよく晴れていて、緩やかな風が吹くたびチリン、チリンと風鈴が鳴る。すぐ隣には一陽《かずひ》の寝顔があって、すう、すうと規則正しい寝息が聞こえてきて。

先に目が覚めてしまった俺は、気持ちよさそうに眠っている一陽《かずひ》を起こすのもかわいそうだし、かといって他にやることもなく暇で。なんとなく、じっとその寝顔を眺めていた。なんか無駄に頬がゆるんだ顔で眠ってるけど、どんな夢みてんのかなーとか、とりとめのないことを考えながら。

なんの意味も、生産的なことの一つもなく、ただ緩やかに流れてゆく夏の時間。

幸せそうな一陽《かずひ》の寝顔を見ていると、優しい気持ちになれた。同時に、なんだか胸がとくとくと、温かく鼓動していた。けど、それがどうしてなのかはわからなかった。

俺達《おれたち》は——俺は、子どもだったから。

「そうちゃん……」

「——っ」

名前を呼ばれ、心臓が跳ねた。

長い睫毛《まつげ》に縁どられた瞳が、至近距離で俺を見つめている。もう幼い子どもとは言えない、高校生になった一陽《かずひ》と俺。

この前、お互い窓を開けて話していたときは、手を伸ばしても届かない距離にいた。

今は、触れようと思えば、簡単に触れられてしまう距離にいる。

「そうちゃん？」

――ああ、そうか、と。

すとんと、自分の中に一つの気持ちが落ちる。

確かに俺達《おれたち》は幼馴染《おさななじみ》だ。だけど、妹みたいな存在、なんてものじゃない。

目の前にいるのは、ただの、一人の女の子だ。

「……わっ、そうちゃん？」

そう、気づいた瞬間、俺はベッドから跳ね起きていた。

「どうしたの、急に起きて？」

「わ、悪い……」

一陽《かずひ》は、上目遣いで俺を見ている。俺はまともに一陽《かずひ》の目を見ることができない。

「い、いや……やっぱ、こんなんおかしいだろ。添い寝なら、母さんか友達にしてもらえって。

……あ、女の、だぞ。女友達な！」

無駄に強調してしまったのは、万が一にでも一陽《かずひ》が他の男にこんなことをさせるのは、絶対に嫌だと思ったからだ。だが、いくら一陽《かずひ》でも俺以外にはしないだろ、とすぐ思って恥ずかしくなる。動揺しすぎだ、自分。

「……そう……だよ、ね。うん……」

何も考えていないのか、平然としているのかと思っていたけれど。——一陽《かずひ》も、顔が赤いことに気づく。

今更恥ずかしくなってきたのだろうか、自分の体を隠すようにタオルケットを手繰り寄せてぎゅっと握りしめる。たったそれだけの仕草が、妙に艶っぽくて俺の心臓を揺らした。

「………………」

「………………」

形容しがたい沈黙。お互い、何を言っていいのかわからない。

「……悪い。俺、今日は帰る」

「う、うん。私のほうこそ、ごめん……」

「謝んなくていいから……。……桃、置いてあるから食えよ。好きだろ」

「うん……」

「……じゃ。また明日、な」

また明日、なんて。一陽《かずひ》相手にはわざわざ使うことが少ない。そんなこといちいち言わなくたって、毎日一緒だったから。

だけど今は、確かな約束が欲しかった。——さっきの「時間がない」という言葉が、まだ引っかかっていたから。

明日もまた、おまえに会いたい。そんな、青臭い確認だ。

「うん」

一陽《かずひ》は微笑《ほほえ》む。眉根を寄せ、力なく口角を上げ、壊れてしまいそうに。

「また明日、そうちゃん」

◇

また、朝がくる。夏の空気が俺達《おれたち》を迎える。

「おはよう、そうちゃん」

家を出ると、そこには、ごくいつも通りの一陽《かずひ》が待っていた。

昨日あんなことがあったなんて――「単なる幼馴染《おさななじみ》」ではないような、気恥ずかしく微妙な沈黙があったなんて思えないような普段通りさ。

それが、いいことなのか悪いことなのかはわからないけど。

「今日は早いね。最近、早起きの日が多くなってるよね」

「あー……夏だしな。冬よりも、『布団《ふとん》から出たくない』って気持ちが薄くなるんだよ。暑くて」

「ふふ。遅刻しないのはいいことだよ」

並んで通学路を歩く。今日も、馬鹿みたいに空は青い。

「……それにしても、もうすぐ終業式かあ。来週から、夏休みだね。……早いな……」

「夏休みになったら、祭りがあるだろ。おまえ、楽しみにしてたじゃん」

「ん……そうだね。涼夜《すずや》さんも、楽しみにしてるって。……へへ……そうちゃんのラブラブハニーゲット計画、私、頑張るよ……っ」

一陽《かずひ》はそう言って、ぎゅっと両拳を握ってみせるけれど。

――俺が好きなのは、涼夜《すずや》じゃないんだよ。

確かに涼夜《すずや》は美人だし、お嬢様で、成績も運動も完璧だし、性格だって面白い。チートってくらい非の打ちどころのない女の子だし、俺も友達としてはとても好きだ。

けどな。俺が好きなのは、食い意地が張ってて、ちょっと抜けてて、でもすごく優しくて、心から笑うと本当に可愛《かわい》い、昔からずっと傍《そば》にいた奴《やつ》なんだよ。

きっと、「幼馴染《おさななじみ》だから」「妹みたいだから」って意識で蓋をして、今の関係を壊したくなくて、心地のいい関係に甘えていた。

馬鹿みたいだけど、ようやく気づけた。自覚した。

一陽《かずひ》を苦しめているものが、なんなのかはわからないけど、俺は一陽《かずひ》の力になりたい。

だから、決めた。

約束の日。夏祭りの夜。

この気持ちを、一陽《かずひ》に伝えよう。

おまえのことが、心から大切なんだって。何より大事なんだって。何があったとしても味方になるって。……別に、一陽《かずひ》にとって俺がただの幼馴染《おさななじみ》だとしか思えないんだとしても、いい。ただ伝えたいんだ。どんなことがあったとしてもおまえの味方でいる人間が、ここにいるんだってことを。

おまえは、一人なんかじゃないんだってことを。

◇

蒸すような熱気の間を縫うように、笛と太鼓の音が響く。

夜闇に連なる提灯《ちょうちん》が赤く空を照らす。出店の鉄板からは、じゅうじゅうと焼ける音と、香ばしい匂いの煙が立ち上る。見慣れている町が、一年で一番姿を変える夜。

行き交う人々は、浴衣《ゆかた》を着ていたり、簪《かんざし》を差していたりと華やかで。金魚すくいや林檎飴《りんごあめ》など、無数に立ち並ぶ店達《たち》は、見ているだけで心が躍る。

「いやあ、いいねいいね～。夏祭りって、魔王とか降臨してきそうな雰囲気でテンション上がるよね！」

「俺はたった今、おまえの言葉のせいでテンションがちょっと下がった」

八月三日、決意の夜。待ちに待った、夏祭り。

現在俺の隣にいるのは、葉介《ようすけ》。ちゃんと約束通り、一陽《かずひ》と涼夜《すずや》も一緒に見て回る予定だが、二人は「準備でちょっと遅くなるから先に行ってて」とのこと。

さっき俺のスマホに「もう少しで着くから」とメッセージが届いたので、俺達《おれたち》は駅前の、うちの市のマスコットキャラの像の前で二人を待っている。

「ってか、この華やかで賑《にぎ》やかな光景が、どう魔王降臨に繋《つな》がるんだ。おまえの脳味噌《のうみそ》マジどうなってんの？」

「何言ってんの、こんなに楽しそうなお祭りを見てたら、魔王様だって降臨したくなっちゃうでしょ！　……にしても今更だけどさ〜、本当に僕も来ちゃってよかったわけ？　せっかくの蒼《そう》のハーレムにさあ」

「ハーレムじゃねえし。そういう発言はあの二人に失礼だからやめろ」

確かに、当初は俺と一陽《かずひ》と涼夜《すずや》の三人の予定だった。だがさすがに、女子二人の中に男一人ってのはきついので（同じ学校の奴《やつ》とかに見つかったらかなりの恨みを買いそうだし）葉介《ようすけ》にも来てもらったのだ。

「ま、安心してよ、蒼《そう》！　僕は空気の読める魔術師だからね！　人混みでのラブコメのお約束、『気づいたら他の皆とはぐれて二人っきり☆』な状況を見事に作り出してあげるから、後で褒めてね！」

「いらん気ぃ回さんでええわ！　もうおまえは、ただひたすらおとなしくしてろ！」

「またまたー、それでそれで、どっちと二人っきりになりたいの？　一陽《かずひ》ちゃん？　涼夜《すずや》さん？」

「な……っ」

「なーんてねー、いちいち聞かなくても、蒼《そう》の考えてることならお見通しだからさ。ま、僕に任せておいてよ！」

「は、はあ？　何言って……」

いや別に本気で、わざとはぐれてもらうために葉介《ようすけ》を呼んだわけじゃない。

そりゃあ俺は今日一陽《かずひ》に告白すると覚悟を決めてきたわけだが。でもそれは、祭りが終わって涼夜《すずや》・葉介《ようすけ》と別れた後、一陽《かずひ》とは隣同士で一緒に帰るわけだから、その帰り道で言えるだろうと思ってだな。

「お待たせ、そうちゃん、葉介《ようすけ》君」

と、そのとき。よく知った声がして振り向くと——

知らない女の子二人が、立っていた。

……いや、嘘《うそ》だ。俺を「そうちゃん」なんて呼ぶ女子はこの世に一人しかいない。

だけど、振り向いた先にいたのは、いつもの二人ではなかった。

「ふふ。見て、晴丘《はるおか》君。今日の天ヶ瀬《あまがせ》さん、とっても可愛《かわい》いでしょう？　まあ、天ヶ瀬《あまがせ》さんはいつも可愛《かわい》いのだけれどね」

「な、何言ってるの涼夜《すずや》さん。わ、私より、涼夜《すずや》さんだよ！」

普段の制服とも、単なる私服とも違う二人。夏祭りらしく、浴衣《ゆかた》に身を包んでいる。

一陽《かずひ》は白地に淡いピンクと紫の花模様が入った可愛《かわい》らしいもの。涼夜《すずや》は上品な紺地に金魚の模様が入ったもの。

それぞれタイプこそ違うものの、とてもよく似合っている。髪も装《よそお》いに合わせて綺麗《きれい》にまとめられていた。

「ね、ね、そうちゃん。涼夜《すずや》さん、とってもとっても素敵だよね？」

「あ？　あ、あー……」

涼夜《すずや》が綺麗《きれい》だということを、なぜか自分の手柄のように顔を近づけて迫ってくる一陽《かずひ》から、俺は目を逸《そ》らし顔も背ける。

「もう、素っ気ないなあ」

顔を背けていても、ぷんすこ、と漫画みたいな怒り方をしていそうな一陽《かずひ》の顔が目に浮かぶようだが、今の問題はそこじゃない。俺は誰からも見られることのないよう、両手で自分の顔を覆う。うん、やばい。いや……うん、やばい。

一陽《かずひ》が可愛《かわい》すぎてやばいんだが⁉

こっちはやっと恋心を自覚した直後だっつうのに、破壊力が高すぎんだろ！　可愛《かわい》すぎてまともに直視できねえし鏡見なくても自分でわかるくらい顔が熱いんですけど！　無理無理可愛《かわい》い、誰かー助けてください！　幼馴染《おさななじみ》が可愛《かわい》すぎて死んでしまいます！

一陽《かずひ》に向けた背中では平静を装《よそお》いつつ、頭の中ではガンガンガンと壁に頭を打ちつけ悶《もだ》える。

そして俺がそんな危機的状況にあることなどまったくわかっていないように、一陽《かずひ》はぴょっと俺の顔を覗《のぞ》き込《こ》んできやがる。

「そうちゃん！　せっかくのチャンスなんだから、もっと涼夜《すずや》さんに可愛《かわい》いって言ってあげないと！」

おまえのほうが可愛《かわい》いわ馬鹿！　あんま顔近づけんな可愛《かわい》いから！

……マジ、長年の無自覚だった想《おも》いにやっと気づいたところでこの浴衣《ゆかた》姿はやばい。半端《はんぱ》ない。可愛《かわい》い。無理。

つい最近まで「幼馴染《おさななじみ》」で「妹」だった奴《やつ》が、もう、ただ一人の「女の子」にしか見えない。……こんな台詞《せりふ》全然ガラじゃないんだけど、恋って、ほんと不思議。ほんとやばい。さっきから可愛《かわい》いやばいしか言ってない気がするけど、語彙なんてもん溶けて消えた。

「ふふ、遅くなってしまってごめんなさいね。天ヶ瀬《あまがせ》さんに似合いそうな浴衣《ゆかた》を選んでいろいろ着せ替えていたら、時間を忘れてしまって」

「う、うう。わ、私はいいって言ったんだけど、涼夜《すずや》さんが無理矢理……」

なるほど、「準備」ってのは浴衣《ゆかた》を選んで着つけることだったのか。時間が遅くなったことなんてまったく気にならないレベルでいい。グッジョブ！　最高！

「ねーねー、全員揃《そろ》ったんだし、さっそく遊びに行こうよー。僕、金魚すくいやりたくてさー」

「いいわね、私も、金魚すくいってやってみたいわ」

俺が心の中で全力ガッツポーズしている間に、葉介《ようすけ》と涼夜《すずや》はわくわくと待ちきれないように出店のほうへ向かってゆく。

ゆっくり深呼吸をしてなんとか荒ぶる気持ちを落ち着け、もう一度、ちらりと一陽《かずひ》を見た。

どうか夜の暗さで、この熱くなった顔があまり見えませんように、と願いながら。

「……俺達《おれたち》も行こうぜ、一陽《かずひ》」

「うん。……行こう、そうちゃん」


それから、約十分後のことだ。

「……涼夜《すずや》さんと葉介君《ようすけ》、どこ行っちゃったんだろう……」

「ソッコーではぐれやがったなあいつら!?」

ほんのわずかな間に、二人は影も形もなくなってしまった。十中八九、葉介《ようすけ》の野郎はわざとだろう。……多分、涼夜《すずや》もわざとなんじゃねえかな。俺と一陽《かずひ》のことに、妙に気を回してくれたというか。二人とも、俺達《おれたち》のためにあえてはぐれてくれた気がする。そんなことしてくれなくてよかったのに……。

ともかく。祭りの喧騒《けんそう》の中、俺と一陽《かずひ》は二人っきりだ。

「電話かけても、繋《つな》がらないね。二人とも充電切れちゃってるのかなあ……？」

多分、これもわざと。あいつら、自分からスマホの電源切ったんだろう。どこまで協力的なんだよ！

「そんな……せっかくの、そうちゃんのラブラブハニーゲット計画が……。ど、どうしよう、この人混みの中から、探し出せるかな……？」

一陽《かずひ》はうろたえ、焦《あせ》っている。探し出せねえよ。あいつら、自分からはぐれたわけだし。

「あー……合流は無理だろ。人、めっちゃ多いし」

「で、でも、それじゃ……っ」

「はぐれちまった以上、どうしようもねえよ。こうなったら俺達《おれたち》は俺達《おれたち》で楽しもうぜ……って、おい⁉」

「ふっ、ふわわっ、そうちゃぁん！」

話している最中に、一陽《かずひ》は人に流されてゆく。とにかく人が大勢行き交っているので、わざとじゃなくとも、油断しているとはぐれやすい。

「一陽《かずひ》！」

人混みに押されている一陽《かずひ》の手を掴《つか》み、引っ張ってこちらに戻す。

「ひゃっ⁉」

「おまえまではぐれるなよ」

「う……あ……う、うん……」

一陽《かずひ》が妙に顔を赤くし、慌てている。——ああ、やばい。

「あ？　……あ」

どうしよう、勢いで手とか繋《つな》いじゃったんですけど⁉

いやでも、こいつはわざとじゃなく普通に迷子になりそうだったから。別に変な意味とか、狙ったわけじゃなく、反射的にだな。

……くそ。手なんか、登校中だって繋《つな》いだりすんのに（遅刻回避ダッシュの中で）。無駄に意識しすぎてもうどう接していいのかわっかんねえ。

「あー、とにかくほら、行こうぜ！　おまえ、なんか、食いたいもんとか、やりたいもんとか、ないのか。あるだろ」

「えっ？　で、でも、涼夜《すずや》さん達《たち》が……」

「あの二人のことはもう諦めろ。この人混みの中ではぐれたからには、合流できない」

一陽《かずひ》が振りほどこうとしないので、手を繋《つな》いだまま。まだ涼夜達《すずやたち》のことを諦めきれず困惑している一陽《かずひ》を引っ張るようにして歩いていると、射的の屋台の前を通りかかったところで、店のおっちゃんに声をかけられた。

「よっ、そこのお二人さん。いい景品が揃《そろ》ってるよ、彼女へのプレゼントにどうだい」

「「かっ」」

彼女、という単語に、俺達《おれたち》は。

「そ、そんなんじゃないですから！」

二人して同じ反応をしてしまう。……いや、そうなったらいいなとは思うけど、少なくとも今は違うし。こういうふうにひやかされるのってむずがゆくて、反射的に否定してしまった。

しかしそうか、そう見えるのか。……や、まあ、同い年の男女（しかも一人は浴衣《ゆかた》姿）が手を繋《つな》いで歩いてたら、そりゃデートって思われるよな。

一陽《かずひ》は……嫌、なんだろうか？

ちらりと横目で見る。なんだか赤い顔でもじもじと、無駄に、繋《つな》いでいないほうの手を動かしていた。

――自分で言うのも、なんだけど。一陽《かずひ》も、まんざらじゃないんじゃないだろうか？

一陽《かずひ》はなぜか俺と涼夜《すずや》をくっつけようとしている。だけどそのくせ、実際に俺と涼夜《すずや》が仲良さそうにしていると、なんだか寂しそうな顔をする。

考えてみれば、以前ラムネを回し飲みしたときの反応は、間接キスを気にしていたみたいだったし……この前一緒に寝たときの反応を考えても、意識されているように、感じてしまう。

一陽《かずひ》も俺と同じ気持ちなんじゃないか。俺と涼夜《すずや》をくっつけようとするのは、なんらかの事情があるだけで。……なんて考えは、自惚《うぬぼ》れなのか？

俺達《おれたち》二人の反応に、店のおっちゃんは微笑《ほほえ》ましいものでも見るように笑う。

「ははっ、またまた～、そんな照れなくても。ともかくどうだい、射的、やってかない？」

「あ、あの、でも、私達《わたしたち》は、人を探して……」

「いいじゃん、楽しもうって言ったろ。せっかくだからやってこうぜ。おまえ、なんか欲しいもんないか」

「わ、私は別に……あ」

「ん？」

「な、なんでもない！　なんでもないよ！」

ぷるぷると首を振る一陽《かずひ》。だが、俺はその前の一陽《かずひ》の視線を見逃していなかった。

「あれか？　あの、変なぬいぐるみ」

「ええっ、変じゃないよ、可愛《かわい》いよっ」

「いや変だろ。てか、あれマジモンだっけか。おまえ観《み》てたっけ？」

マジモン――小学生に大人気のアニメ、マジカルモンブランのぬいぐるみだ。意味がわからない。なんでモンブランなんだよ。射的の景品として並んでいるそのぬいぐるみも、ぐるぐると栗《くり》クリームが巻かれた頭部につぶらな瞳がついていて、俺としては「どうしてこうなった？」という感想しか出てこない。

そして、小学生の間では大流行しているけど、一陽《かずひ》がマジモンを観《み》ているとか、好きだとかいうのは聞いたことがない。だから、マジモンのぬいぐるみを欲しがるなんて意外だった。

「ああうん、ネットで一気観したんだよ〜」

「マジか」

「う、子どもっぽいって思ってる？　でもねでもね、観《み》てみたら案外深くて面白いんだよ？　子ども向けアニメだと侮《あなど》ってると、痛い目みるんだからっ」

別にマジモン観《み》てたからって子どもっぽいとは思わないし、そんなこと言われんでもわかっとるわ。子ども向けアニメ、俺もたまに日曜朝やってるやつとか観《み》るけど、侮《あなど》れない。明るく楽しく元気よくの中に、友情とか夢とか、大人が観《み》ても楽しい熱さやテーマがぎゅっと濃縮還元されている。子ども向けアニメはいいぞ！

「それに、モンちゃんは可愛《かわい》いよ！　あの綺麗《きれい》な栗色《くりいろ》、頭にちょこんと載った栗《くり》、ふわふわスポンジの体！　最高でしょ？」

「よし、じゃあ俺がその可愛《かわい》いモンちゃんの脳天をぶち貫いてやろう」

「もう、そうちゃん、言い方ぁ！」

俺はおっちゃんに代金を払い、モンちゃんのぬいぐるみに向けて射的用の鉄砲を構える。

うーむ、とはいえ、これは簡単にとれる気がしない。マジモンは子どもに人気であり、モンちゃんのでかいぬいぐるみは、いわばこの屋台の目玉商品。サイズ的にも店にとっての重要度的にも、ちょっとやそっとじゃとれないはずだ。

しかし、やる前から諦めるのは、やって駄目なのよりかっこ悪ぃ。だから俺は引き金を引き

――

「おっ？」

鉄砲から発射されたコルクは、宣言通り見事モンちゃんの脳天にヒット。そしてモンちゃんは、こてんと倒れた。

……でも、変だな。頭にヒットしたからって、あんなふうに軽く倒れる重量じゃないと思うんだが。

まあ、うまくいったんだから、いっか。運がよかったたってことで。

「う、うっそだろぉ!?　そんな簡単に!?　うちの目玉商品なのにっ！」

ラッキーと思う俺と対照的に、おっちゃんは軽く悲鳴を上げていた。が。

「え、何々、あの射的の店、モンちゃんのぬいぐるみがとれんの？」

「へえ、絶対とれないと思ってたけど、今の見てたら、うまくやればいけるのかな」

「挑戦したくなってきた！　おじさーん、俺も射的やるっ！」

俺がモンちゃんを倒したのを見て、欲しかったけど、とれないだろうと諦めていたのだろう人達《ひとたち》が、背中を押されたかのようにわらわらと集まってくる。

「お……あ……まあ、客引きになったからいっか！　まだ何体かはぬいぐるみも追加分があるしな！　よし、もってけ兄ちゃん！　彼女とお幸せにな！」

店のおっちゃんは一瞬前まで青い顔をしていたのから一転、「想定外だけど結果オーライ！」

みたいな笑顔で、俺にモンちゃんを渡してくれた。

「ほい、一陽《かずひ》」

「わああ〜……！」

モンちゃんを抱きしめ、一陽《かずひ》は子どもみたいにぱあっと目を輝かせる。

「すごーい、嬉《うれ》しい！　そうちゃん、大好き！」

「……っ⁉」

一瞬動揺してしまった俺。一陽《かずひ》も、はっと自分の言葉の意味に気づいたように、顔を赤くする。

「あっ、ち、違うよ⁉　い、今のはちょっとそのほら、癖でっていうか！」

「あ、あーあーはいはい。昔は普通にそういうの言ってたもんな！」

「そ、そうそうそうだよ、昔のことで、昔だからこそ、今はあのえーっとえっと……べ、別の話しよっか！　こ、この子、モンちゃんね、ずっとショートケーキになりたかったんだけど、最終回でその夢が叶《かな》うんだよ。でもね、やっぱり自分には栗《くり》が一番だと思って、モンブランに戻るんだ！　そのシーンがとっても感動的でね……っ！」

「って、なんだその意味不明なストーリーは！　でたらめすぎるだろ、そもそもマジモンまだ最終回迎えてねーし！　勝手に終わらすな！」

「あっ、あ、うぅ……」

本当に嘘《うそ》が下手だ。マジモンはまだ絶賛放送中で終わる気配なんてないし、最終回なんて言ったら秒でバレることくらい、ちょっと考えればわかるだろ。よっぽど混乱してるな。

……まあ俺も、人のことは言えないけどさ。……くそ、まだ顔が熱い。

「……ほ、ほら！　モンちゃんもとったことだし、次行くぞ。向こうに、おまえの好きな林檎《りんご》飴《あめ》の店あるの見えるし」

「えっ！　林檎《りんご》飴《あめ》、食べたい食べたいっ！」

好きな食べ物のこととなると、けろっと前の話題を忘れる。食いしん坊め。そして、そんなとこも可愛《かわい》い、とか思ってる俺は末期だ。

色とりどりの夏の夜の中を、俺達《おれたち》は二人で歩いた。


「ん〜っ、おなかいっぱい」

しばらく屋台の食い物を満喫した後。俺達《おれたち》は、人混みから外れた公園にやってきていた。砂場と滑り台くらいしかないさびれた場所なので、周囲に人は少ない。人々は皆、この後始まる花火を近くで見るため河原のほうへ行ってるんだろう。

大きなモンちゃんのぬいぐるみはベンチに置き、一陽《かずひ》は祭りの余韻を味わっているように、ふわふわした足どりで公園内を歩く。

「おまえ、食いすぎじゃね？」

「そ、そうちゃんだってたくさん食べてたでしょー。それに、お祭りの日はいいの。お祭りの日は、全部別腹なの」

「太るぞ」

「むー。どーせ、私は涼夜《すずや》さんみたいにスタイルよくないし、可愛《かわい》くもないですよーだ」

「……いや別に。か、可愛《かわい》くねえとは、言ってねえだろ」

「え？」

「……あー。なんか、さ。さっきはちゃんと、言えなかったけど。……その、浴衣姿《ゆかた》」

頭の片隅で、「無理無理俺そんなこと恥ずかしくて言えない！」とか叫ぶ情けない自分もいたが、そんな自分をぶん殴るようにして、なんとか口にした。

「すげえ、可愛《かわい》い」

うあああ、顔あっつい。なんでたかが一言で、こんなに熱くなんだよ。くっそ、声震えたかも。かっこ悪ぃ。

そんな俺の精一杯の言葉に、一陽《かずひ》は目をぱちくりとさせている。

「可愛《かわい》いって……涼夜《すずや》さんが？」

「って、なんで今の流れでそうなる！」

「だ、だって、だって、そうちゃんには、涼夜《すずや》さんが……」

「～～っ、涼夜《すずや》のことは、関係ない！　俺は、おまえが、可愛《かわい》いっつってんだよ！」

全身の羞恥と戸惑いが、自分自身にブレーキをかけそうになる。それを振り切って、アクセル全開の言葉を吐き出す。

決めたんだ。言うって。気持ち全部、伝えるって。

「――一陽《かずひ》」

今の俺達《おれたち》は幼馴染《おさななじみ》で、兄妹《きょうだい》みたいな関係でしかなくて。

もしかしたら、伝えたら、その関係すら壊れてしまうのかもしれない。

一陽《かずひ》は最近俺に、何かを隠してる。何か悩んでる。そんなときに自分の気持ちをぶつけるなんてよくないいんじゃないか、更に困らせるだけなんじゃないか、って考えもあった。

――ただ、こいつは人に頼ることを悪いと思いがちで、一人で頑張りすぎてしまう奴《やつ》だから。

俺は一陽《かずひ》のことが好きで、何より大切で。何があってもおまえの味方なんだと、伝えたかったんだ。

別に想《おも》いが実らなくたっていい。ただ一陽《かずひ》が少しでも、おまえを大事に思う人間はいるんだって、わかってくれたら。

「好きだ、一陽《かずひ》」

刹那。夜空に光の花が咲いた。

眩《まばゆ》い光が、夜の空を照らし消えてゆく。花火だ。美しく人の目を奪うもの。

だけど一陽《かずひ》は花火じゃなく俺のほうを見たまま、再び目をぱちくりとさせていた。

「え？　……ご、ごめん、何言ったのか、聞き取れなくて」

って漫画かよ！

花火大会のベタ展開。美しい花火は、告白の言葉をかき消してしまう。

ざけんな。せっかく振り絞った勇気、そんなお約束でなかったことにされてたまるか。

ここで引いたりするもんか。伝わるまで、何度だって言えばいいだけの話。一度言ったなら、もう二度も三度も同じだ。

自棄《やけ》のようだけど、それでも俺は真剣で。一陽《かずひ》を引き寄せ、確実に聞こえる距離を確保する。

……ああ、でも、くそ。二度目でも、やっぱり心臓がやばい。花火の音よりも、胸の鼓動で自分の声が聞こえなくなりそうだ。

「……い、今から、もう一度言うから」

「ま……待って、待って、そうちゃん」

「待てない」

「ふぅぇ」

引き寄せるためにとった手を、そのまま握りしめる。

空には花火が咲き続けていた。ドン、ドンと太鼓のような音を立て、次々と。きっと色とりどりで綺麗《きれい》なんだと思う。

俺達《おれたち》は、花火を見ている余裕なんてなくて、互いを見たままだったけど。

「……一陽《かずひ》。俺は、おまえが好きなんだ。涼夜《すずや》や、他の誰でもない、おまえのことが」

花火の音に負けない、はっきりした口調で言い切った。消させやしない。伝わってほしいから。

「こんなこと、くさいって思われるかもしれないけど。おまえが大切なんだ。おまえが悩んでたり、辛《つら》そうだったりするのは嫌なんだ。何かあるなら、なんでも力になりたくて……。あー、だから、とにかく……俺はおまえが好きで、大事で、何があっても絶対に味方であって、その」

支離滅裂だ。もはや何を言っているのか自分でもわからなくなってきたし、早口になっちまってるし、頭は煙を噴きそうなほど熱い。

お世辞にも綺麗《きれい》とは言えない、不器用な言葉の羅列。

それでも、ありったけの想《おも》いを正直に吐き出す。

「……好きなんだ。本当に、好きなんだよ」

結局、最終的にはそれしか出てこない。

稚拙な告白。かっこ悪くて、青臭くて、必死なだけの。どん引きされたって仕方ない、と自分で思ったけど。

「……へへ……」

一陽《かずひ》は、一度俯《うつむ》いて。

　——言葉なんかじゃとても形容できない笑顔を、俺に向けた。

「すごく、すごく嬉《うれ》しい。ありがとう、そうちゃん……」

　どんな語彙をかき集めたって無意味だ。嬉《うれ》しくて、幸せで、でも同じくらい悲しくて、絶望的で……儚《はかな》くて。

　ラムネの中のビー玉みたいに綺麗《きれい》に輝くのに、夏の闇の中に呑《の》まれてゆく。

「でも、それは、駄目なんだよ、そうちゃん」

　不正解、だと言うかのように。一陽《かずひ》は言葉を続けた。

「私は、そうちゃんに、幸せになってほしいの。そうちゃんが悲しむのは、嫌なの。だから、私じゃ駄目」

「一陽《かずひ》……何、言ってるんだ、おまえ」

「私は、そうちゃんを、幸せにできないんだよ」

「なんだよ、それ。どういう意味だ」

「…………」

「何も話してくれないのか」

「……私は……」

「責めてるわけじゃないんだ。言いたくないことを無理に聞き出すつもりはないし……ただ、これだけは覚えといてほしい。俺はおまえが好きで、俺にとっておまえは、すごく大切な存在なんだって」

一陽《かずひ》の瞳が揺れる。話すべきか、話さないべきか、迷っているかのように。

「……だったら……」

ぎゅ、と自分の手を胸の前で握りしめて。覚悟を決めたように、一陽《かずひ》は唇を動かす。

「私が、話したら。約束して。何があっても、幸せになるって」

「わかった。約束する」

「私にはもう、時間がないから……」

「……それって」

「三年後、私はもう、そうちゃんの隣に立っていられないの」

思い出すのは、感動ものの映画をもう好きじゃないと言った横顔。そして寝言でも言ってい
て、今もまさに一陽《かずひ》の口から出た「時間がない」という言葉。

「病気……とか、なのか？」

病院に行って、何かの病気が発覚して、余命三年と言われた。だから一陽《かずひ》は、自分が死ぬ前
に、俺を幸せにしたくて、涼夜《すずや》とくっつけようとしていた。そう考えれば腑《ふ》に落ちる。

答えを聞きたくないと思いつつ、恐る恐る尋ねてみたのだが。

一陽《かずひ》は、ふるふると、首を横に振る。

「ううん、違う」

なんだ――と、ほっとした。だけど。

ほっとしたのは、ほんの一瞬のこと。

「事故なの」

「…………は？」

「三年後、私はトラックに撥《は》ねられる。今みたいに普通に立っていることも、歩くことも、それどころか、目を開いていることすら、できなくなるんだ」

「な……何言ってんだ、おまえ？　三年後のことなんか、わかるわけねーだろ」

「わかるよ」

また、空に花火が咲く。

あまりにも明るく華やかなそれと、陰った一陽《かずひ》の表情は、ひどくアンバランスだ。

「だって、私は未来からここに来たんだから」

「……は……？」

何を。

さっきから、本当に、何を言っているんだ？

「タイムリープ、ってあるでしょう。未来から、精神だけ移動してきて、別の時代の肉体の中に入るやつ。今の私は、高校生の体の中に、三年後の私がいる状態」

――ドクン、と。

ありえないことを言われ、心臓に冷たい水を垂らされたかのように、鼓動が乱れる。

タイムリープ？　馬鹿げている。嘘《うそ》だ。冗談みたいな話だ。……だけど。

俺は知っている。知ってしまっている。だって幼馴染《おさななじみ》だから。子どもの頃から一緒で、長い付き合いで、こいつのことなんて、わかってるんだから。

一陽《かずひ》はなんの意味もなく、こんなタチの悪い冗談を言う奴《やつ》じゃない。

だから、これは嘘《うそ》でも冗談でもなんでもない、ただの真実。

「そうちゃん。一ヶ月前……七月八日から今日までの私は、今のそうちゃんにとって、三年後の天ヶ瀬《あまがせ》一陽《かずひ》なの」

目の前にいるのは。

一陽《かずひ》だけど、俺の知っている一陽《かずひ》ではない。

「……そして、これはいざというときのために貰《もら》った、最後の手段」

これ、と言いながら、一陽《かずひ》は何も持ってはいない。

ただ、「これ」というものが、まるで頭の中にあるかのように。ぐっと背伸びをし、俺の首の後ろに手を回して。こつん、と俺の額に自分の額をつけた。

至近距離で一陽《かずひ》の唇が動く。囁《ささや》きが落とされる。

「私の言ってることが本当なんだって、証明してあげる。——私の記憶で、ね」

彼女の記憶

好き。……でした。

ずっと好きでした。

ずっと、ずっと、そうちゃんのことだけが、好きでした。

私と、そうちゃん。初めて会った日のことは、お互いもう覚えてない。そのくらい小さな頃から——物心がつく前から、兄妹《きょうだい》みたいに一緒に育ったから。

でも私は、そうちゃんのこと、お兄ちゃんだとは思ってなかったよ。

ぶっきらぼうで、意地悪なところもあって、でも頼りになって、優しくて——私にとってそうちゃんはずっと、世界で一番特別な男の子だった。

馬鹿みたいって思われるかもしれないけど、私は子どもの頃からずっと、そうちゃんのお嫁さんになりたいと思ってた。

だからそうちゃんに好きだって言ってもらえたときは、目が回るくらい、嬉《うれ》しかったの。

「一陽《かずひ》。……俺、おまえのことが、好きだ」

私が初めてそれを言われたのは、高校を卒業するとき。

卒業式の帰り道、春の夕暮れの中、二人っきりのときに。そうちゃんは、私に言った。

「あー、その、なんだ。きゅ、急にこんなこと言われて困るかもしれねーけどさ。なんかもう、だいぶ前から、おまえが『幼馴染《おさななじみ》』ってか『女の子』としか思えなくなってたっつーか。言って困らせんのも、今の関係が崩れんのも嫌だったんだけど、でも他の奴《やつ》にとられたくもねえし。と、とにかく、俺の気持ちを、いいかげんはっきり伝えておきたくて……って」

照れていて、でも自分の気持ちを包み隠さず伝えてくれるそうちゃん。私の顔を見て、ぎょっとした顔になる。

「な、なんで泣いてんだよ!?」

気づけば私の頬には、涙が伝っていた。

「だ、だって、すっごく……嬉《うれ》しいから」

「嬉《うれ》しいなら泣くなよ！　笑えよ！」

「う、嬉《うれ》しいからこそ泣くんだよ！　そうちゃん、乙女心がわかってないっ！　……そ、そんなところも……す、好き……だけど」

自分で言っておきながら、ぼっと、真っ赤になってしまった。顔が熱くて、湯気が出そうだ。

「わ、私も。そうちゃんのことが、好き……です」

涙が、言葉が、想《おも》いが溢《あふ》れる。じわっと熱いものが、心の奥から込み上げてきて止まらない。

視界一面に花が咲き乱れるような、綿菓子の雲に乗っているような、流星雨の中にいるような……とにかくキラキラして、ふわふわして、夢みたいな心地。

「……あ～……」

くすぐったい雰囲気が苦手なそうちゃんは、どう言っていいのかわからないのか、がしがしと頭をかく。そんなちょっとした仕草さえ、なんだか可愛《かわい》い、と思ってしまう。

「じゃ……その、これからは、そーいうことで……」

「そーいうことって？」

「わ、わざわざ言わせんなっ。だ、だから……今日から、恋人同士ってことでいいんだよな？」

「……！　うん！　いい、いいよ、すごくいい！　よくないわけないよっ！」

「よ、喜びすぎだろ。い、いや、もちろん俺だってすげえ嬉《うれ》しいけど……っ、あー、でもそのー、なんだ……」

「ふふ。そうちゃん、こういう空気、苦手だもんね」

「なんだよ。おまえだって、得意ってわけじゃないだろうが。これまで彼氏いなかったんだし」

「うん。だって、そうちゃん以外の彼氏なんていらなかったからね」

はっきりと言った私に、そうちゃんは少し驚いているみたいだった。

「……私は、ずっと前から、そうちゃんのことが好きだったんだもの」

「お、俺だって、昔から好きだったんだと思うぞ？　ただ無自覚だったたっつーか、気づいたのは高校入ってからだけどさ……」

「ふふ、嬉《うれ》しい。でもでも、私のほうがずっとずーっとそうちゃんのこと好きだったと思うよ？　私のほうが、好き好き歴が長いんだよ！」

「なんだそりゃ。てか、長いとか知るかよ、先に言ったもん勝ちだ」

「えー」

「なんだよ、不満なのか」

「へへ、ううん、全然。ふふふ〜、負けちゃったな〜」

「……嬉《うれ》しそうにしやがって……」

「え〜、不満なの？」

「……全然。好きなだけ嬉《うれ》しそうにしてろよ、こんにゃろう……」

私は、あんまり胸を張って得意って言えること、そんなにないけど。そうちゃんへの想《おも》いだったら誰にも負けない。

私から告白してもよかったのかもしれないけど。幼馴染《おさななじみ》の関係が壊れちゃうのが不安だったのと、それから……そうちゃんから「好き」って言ってもらえたら、とっても幸せだろうなあと思って。私はずっと、そうちゃんが私に振り向いてくれるの、待ってたんだよ。好きって言ってもらえるのを、夢みてた……。

そしてそれが叶《かな》った今、想像してたよりずっとずっと、幸せで。胸がいっぱいで。

「……そうちゃん、好き」

しゅわっと溢《あふ》れる、甘い炭酸みたい。想《おも》いが湧き上がって、止まらないよ。

「好き、好き。すごく、すごく……本当に、好き」

「な、なんだよ急にっ」

「へへ～。だってもう、先にっていうのは敵《かな》わないから。いっぱい言えば、数では勝てるかな～って」

「……アホくさ」

「えへへ～」

そうちゃん、顔が赤い。でもきっと、私も同じくらい赤い。お揃《そろ》いかなあ、なんて思ってしまう。

「……本当に、嬉《うれ》しい。大好きだよ、そうちゃん」

そうして、私とそうちゃんは、「幼馴染《おさななじみ》」から「恋人同士」になった。
卒業してからの――恋人同士になって初めて過ごす春休みは、本当に楽しかったな。二人で一緒に、公園に桜を見に行ったり、映画に行ったり……。今までもそういうふうに一緒に遊ぶことはあったけど、もうこれからは、堂々と「デート」って言っていいんだよね？　って思ったら、顔がにやけるのが止まらなかった。

話すことは、特別な話題ではないけど。恋人同士になっても、そうちゃんはそうちゃんだし、私は私だもの。

「はー、休み最高だな。毎日、朝ゆっくり寝てられる」

「そうちゃん、夏休みとか長いお休みになると、そればっかり。寝てばっかりじゃなくて、もっと充実させないともったいないよぉ」

「睡眠だって立派に充実してるだろ。人類に一番必要なことだ。っていうか一陽《かずひ》、そういうおまえは、この休み、何かやってんのか？」

「へへ～、聞いて聞いて、そうちゃん。春休み始まってから、ネットで配信してたマジモンを一気観したんだよ～」

「思いっきり時間を無駄にしてんじゃねえか！　寝てる俺と変わんねえよ！」

「そんなことないよ、とっても素敵な時間を過ごせたよ～。マジモン、子ども向けアニメと侮《あなど》るなかれ、だよ！　観《み》てみると、結構深い内容とかあって面白いんだから！」

「まあ、確かに。子ども向けアニメって、意外とテーマ性があったりして面白いんだよな……」

「特にね、最終回。ずっとショートケーキになりたかったモンちゃんが、自分にはやっぱり栗《くり》が必要なんだって気づくシーンはもう、涙なしには見られなくて……。すっごく感動しちゃったよ～」

「そんな最終回だったのか⁉　ってか、今ので泣けるのか⁉」

「モンちゃん、可愛《かわい》いよ〜。中までクリームたっぷりなんだよ」

「それは可愛《かわい》いんじゃやなくて、うまそうってことなんじゃねえのか。食い意地が張りすぎだろ」

「そ、そんなことないモン。本当に可愛《かわい》いと思ってるモン！」

「なんだそれ、モンちゃんの真似《まね》か。似てねえし」

「ふへへへ〜。……今年の春休みは本当に、とっても充実してるモン」

似てないって冷たく言われたって、頬のゆるみは止められない。

「こうしてそうちゃんと一緒にいられる時間が、私にとって一番充実してるし……幸せ」

「………」

私の言葉に、そうちゃんは砂糖の塊を飲み込んでしまったみたいな顔で無言になる。そうして五秒くらい固まっていた後、がしがしと頭をかいた。

「あああ、甘いんだよ！　甘々なんだよ！　おまえは俺の彼女か！　彼女だな！　間違いなく！」

「そうだよ〜、ふふん、間違いないよっ」

「つ、つか別に、俺らが一緒にいることくらい特別なことでもねえじゃん」

「そうだけど、でも、その……つ、付き合って一緒に過ごすお休みは、初めてでしょ？」

「そーだけど……」

「…………」

「…………」

ふわふわした、こそばゆい空気。胸の中にたんぽぽの綿毛があるみたい。

「あー……なんかおまえ、してほしいこととか、行きたいとことか、あんの？」

照れてるように頬をかきながら、あえてぶっきらぼうな口調で……でも、優しく。そうちゃんはそう聞いてきた。

「え？」

「なんか、ほら……。クラスのリア充達《じゅうたち》とか、よく、サプライズしてもらったとか、指輪貰《もら》ったとか、そういうのできゃーきゃーはしゃいでたけどさ……。でも俺、女の子が、彼氏にしてほしいこととか、よくわからんし」

「ふふふ。そうちゃんが私のこと、『女の子』だって。なんか、おかしい」

「なんだよ、間違ってねえだろ！　女だろ、おまえ！」

「ふふ。別に私は、そうちゃんさえいてくれるなら、何もいらないけど。……でも、せっかくそう言ってくれるなら、特別なこと……する？」

「特別なことって……」

「えっと、えっと、ほら。せっかくのお休みだし、もう高校も卒業したし……たとえば、二人で旅行とか……しちゃう？」

「な」

一瞬硬直するように動きを止めた後、慌てるそうちゃん。

「ま、まだ早いだろっ！」

口にした後はっと、私は「旅行」と言っただけで、それ以上のことは何も言っていないと気づいたように。赤面して気まずそうにするそうちゃん。

「……ふふ～。そうちゃん、何を想像したのかなぁ？」

そんなそうちゃんが可愛《かわい》くて、ちょっぴり意地悪な感じでそう言ってみたんだけど。別に、からかったわけでも、冗談でもないよ。

……そう。私は待っているし、期待しちゃっている。

だって私は、もう「幼馴染《おさななじみ》」じゃなくて「そうちゃんの彼女」なんだから。

「お～ま～え～な～」

「あははっ、わ～くしゃくしゃだぁ～」

からかわれたと思ったみたいで、悔しそうに私の頭に手を乗せ、髪をわしゃわしゃするそうちゃん。おしおきのつもりなのかもしれないけど、おっきい手が、気持ちいいな。

「あんま調子乗ってるぞ、そのうちマジで、どうなっても知らねーからな……っ」

「ふふ～。どうなっちゃうのかな～。知りたいな～。……襲われちゃう、のかなあ？」

「……おまえな。俺を犯罪者にする気か」

「……合意の上なら、犯罪者にはならないんじゃないかなあ？」

いつもの私よりちょっと勇気を出して言ってみた、大胆な言葉。そうちゃんも一瞬、びっくりしてたみたい。私の勝ち、かな？　……なんて。別に勝負してるわけでもないのに、そんなことを思ってみたりしたんだけど。

調子に乗ってる私に意趣返しするように。そうちゃんは私の手の上に頭を置いたまま、ぐいっと私の顔を下に向けさせて。自分の顔を見られないようにしてから、言った。

「……これでも、俺なりに、大事にしたいと思ってんだよ。だから、そんな簡単に手ぇ出してやらねーぞ。せいぜいやきもきして待ってろ馬鹿」

「…………っ」

私が、本当は密《ひそ》かにずっと期待してることを見抜いているように。

そして、顔は見えないけど、きっと恥ずかしいのを我慢しながら、私のために一生懸命言ってくれてるんだなあっていう声で、言ったんだ。

「……でも、あんま可愛《かわい》すぎるとマジどーなるかわからんし……気ぃつけろ」

「…………………。は、はい」

……くらくら、しそうだ。一瞬前まで主導権を握っていたと思ったのに、簡単にひっくり返って、頭のてっぺんまで真っ赤になるような熱と、胸のドキドキが止まらない。

ああ、もう……駄目だな。

やっぱり、そうちゃんには敵《かな》わないよ。


そんなふうに、ドキドキふわふわな日々を送っていたんだけど。人生にはもちろん、嬉《うれ》しいことばかりじゃなくて、辛《つら》い日だってあるわけで。

でも、そんな日でも、いつだってそうちゃんは私の傍《そば》にいてくれた。私に笑顔をくれた。

たとえば、バイト先の人間関係で悩んでいたときや、普段は仲のいいお父さんとお母さんが、珍しく大きな喧嘩《けんか》をしたとき。私が落ち込んでるとすぐ気づいてくれて、話を聞いてくれて。

「あー、うー……私、駄目だよね。もっといろいろ、器用にやりたいんだけど……」

「駄目じゃねえよ。おまえはいつも一生懸命だろ。俺は、すげえなって思う」

ぐしゃぐしゃって、乱暴だけど優しく頭を撫《な》でてくれて。

「ま、あんま難しく考えんなって。楽しくやれよ、楽しく」

私の心を軽くするために、あえて明るい口調を意識するようにそう言ってくれて。

「人間なんかどーせ全員馬鹿なんだから、変にかっこつけず自分に馬鹿正直に生きんのが一番楽しーんだよ」

暗く曇った気分のときでも、そうちゃんの笑顔、言葉一つで、魔法みたいに心が晴れていく。

そうちゃんは、光だ。私の世界を照らしてくれる。そうちゃんの傍《そば》にいると、いつだって温かくて心地いい。

……そんなふうに。幸せだったよ。そう、毎日がとってもとっても、幸せだったんだ。

傍《そば》にいる。それは付き合う前も後も同じこと——でも、違う。

手を繋《つな》ぐときの温度。胸を張って「そうちゃんの彼女です」って言えること。過ごす時間の甘さ。笑顔と照れた顔のくすぐったさ。次に遊びに行く日の約束。夕暮れ時の二つ重なる影。

毎日、世界がキラキラ、朝露に濡《ぬ》れたみたいに輝いてる。よく晴れた日の、柔らかくて真っ白な雲にくるまれてるみたいに、ふわふわってあったかいの。

すべてが満ち足りていた。足りないものなんて何一つなかった。もうこれ以上何もいらないと本気で思えるほどに。

今、思えば。遊園地のジェットコースターみたいだったのかもしれないね。

ゆっくり登っていって、綺麗《きれい》な青い空に近づいて。高く高く、それはもう、天国へ昇るみたいに。

そうして、てっぺんに着いたら。

——あとはもう、落ちるだけなんだ。

「へへ……楽しみすぎて、早く着いちゃった……」

その日、私は、そうちゃんと待ち合わせをしていた。

家が隣同士だから、普段は一緒に出かけるときも、待ち合わせなんてあまりしないんだけど。その日は、そうちゃんの講義が終わった後、映画に行こうって約束で。私は自分の講義は終わっていたから、先に映画館のある隣の駅に行って、ついでに周辺のお店で可愛《かわい》い雑貨を見たりとかしていて。

待ち合わせの時間になって、駅前で、そうちゃんを待っていたんだ。

駅ビルは、屋上で何か工事をしているみたいで、ちょっと音が響いていたけれど。ふわふわ浮かれる気持ちで、そんなこと気にもならなかった。早くそうちゃんに会いたいって、そればかり考えていた。毎日会ってるのにね。

そんなふうに、そうちゃんが来ないか、きょろきょろしながら待っていた私の目に、飛び込んできたもの。それは、そうちゃん——ではなく。

青信号を渡っていたのに、急に突っ込んできたトラックに轢《ひ》かれそうになった、子どもだった。

……それは一瞬のことで、冷静な判断とか、正義感からの行動とか、そんなものは何もなくて。

ただ、体が反応していた。

私は、その子を助けるために、飛び出していた。

世界は、暗転した。

——そこから。

それから、私が目を開けることは、なかった。

でも、死んだのかといったら、それも違う。

ただ、瞼《まぶた》が開けられない。

体が動かない。話すこともできない。指先一つ動かせない。

身動き一つとれない暗闇の中。最初は、何が起きたのか全然わからなかった。真っ暗な場所に拘束され閉じ込められているみたいで、とてもとても怖かった。

……ただ。目が開けられなくて、体も動かせなくても。耳だけは、聞こえていたから。

あくまで断片的な情報だけど、なんとか聞きとれたお医者さんの話と、私の記憶と繋《つな》ぎ合《あ》わせると、多分こういうことらしい。

私は子どもを庇《かば》って撥《は》ねられ、今は病院に寝かされている。

子どもは無事だったけど、私は二度と起きられないようになってしまった。

何も見えない暗闇の中、声だけが聞こえる。……泣き声が。

お父さんや、お母さんや。親戚の人達《ひとたち》や、友達も。号泣したり、すすり泣いたり、それぞれだけど、皆泣いていた。「嘘《うそ》だ」「どうしてこんなことに」という言葉を何度も聞いた。

――そうちゃんも。

「……一陽《かずひ》……」

いつも少しぶっきらぼうに、でもとても優しく私を呼んでくれた声が。

ただ呆然《ぼうぜん》と。世界の終わりであるかのように、私の名前を呼んでいた。


そうちゃんは昔からいつも、私の手を握ってくれた。

よく転ぶ私を引っ張ってくれる、優しい手。私はそれがとても好きだった。恋人同士になってからも、そっと、照れくさいのを我慢しながら、大きな掌《てのひら》で私の手を包んでくれた。

今も、そう。

もう、ベッドから起き上がれない私の手を。そうちゃんは、握っていてくれるんだ。

「一陽《かずひ》」

ふと、私の手の上に、ぽつりと雨粒のようなものが落ちた。

私は今、何も見えない。

けれどそれは、そうちゃんの涙なんだろうとすぐわかった。

「ごめん。ごめん、な」

……どうして、そうちゃんが謝るの。

そうちゃんは、何も悪くなんてないのに。

「俺のせい、だ。俺と、待ち合わせなんかしてたから」

――違う。

「待ち合わせなんかしてなかったら。講義なんかほっぽって、ずっとおまえの傍《そば》にいてやれたら……おまえのこと、守ってやれたら……っ」

違う。

違う違う違う、全然違うよ、そうちゃん。

何一つそうちゃんのせいじゃないよ。こんなの、誰が悪いわけでもないでしょう。だからそんなに自分を責めないで。泣かないで。そうちゃんが辛《つら》いと、私も辛《つら》いんだよ。

「ごめん。……でも、大丈夫だ。おまえは、死ななかった。死んでないんだ。だったら、大丈夫だ……。俺、ずっと、おまえのこと待ってるよ。おまえは絶対元気になる。そうしたら、今度こそ絶対守る。絶対、幸せにするから……」

震える声。私を励ます言葉だけど、それが空元気であることは明らかだった。昔からずっと一緒だったけど、そうちゃんのこんな声は初めて聞く。

嫌だ。私はそうちゃんの全部が好きだけど、こんなそうちゃんの声は、聞きたくない。

ああ、どうして私の体は少しも動かないの。今すぐそうちゃんを抱きしめたい。ごめんね、私は大丈夫だよって笑ってみせたいよ。

ごめんね。早く、元気になるから——


けれど、どんなに祈ったって。私の状態は何も変わらなかった。何一つ回復しなかった。

一体いつまでこの状態が続くんだろう。いつまでこんな、何も見ることのできない、喋《しゃべ》ることもできない、真っ暗闇の中に独りぼっちで閉じ込められているような時間が続くの。

私は、一生このままなの？　怖いよ、こわいこわいこわい——

「一陽《かずひ》」

私の声を呼んでくれる、その声だけが、私を世界に繫《つな》ぎとめてくれた。

「一陽《かずひ》」

毎日、毎日。そうちゃんだって、大学や家の手伝いで忙しいはずなのに、来てくれない日は一日だってなかった。いつも私の傍《そば》で、祈るように私の名前を呼んでくれた。

「駅前に、おまえの好きそうな店ができたぞ。なんかネコとかウサギとか、やたらファンシーな飾りの載ったパフェのあるカフェ。元気になったら、一緒に行こうぜ。俺はそういう店とかよくわかんねえけど、おまえとだったら、一緒に行くからさ。奢《おご》るから、なんでも、好きなだけ頼んでいいぞ。おまえが、おいしいって笑う顔、見たくてさ」

うん。私、元気になるよ。本当は今だって、目を開けたいし、そうちゃんとお話ししたくてたまらないんだ。いつかきっとまた、できるように、なるよね？　前までは、当たり前にできていたことなんだから。

「今日、高校のときの担任と会ったぞ。懐《なつ》かしいよな。おまえの事故のこと、他の奴《やつ》から聞いたみたいで。心配してた。……皆、おまえのこと気にしてんだからな。おまえが、愛されてる証拠だ。俺もだぞ。……なんてな。

ともかく、大丈夫だ。あれから……事故、から、結構経《た》つけどさ。誰も、おまえを忘れたりしてないからな。皆、おまえを待ってるんだ。だから、早く帰ってこい。……早く、目ぇ開けろよ」

そうちゃんは、私の手を握っていてくれる。

何度も、何度でも。毎日、毎日。

――毎日、私は何の反応もできないのに。

「一陽《かずひ》。今日も来たぞ。さあ、今日はなんの話をするか。おまえ、寝てるしかないから、暇だろ。なんか楽しい話でも、毎日できたらいいんだけどな。……俺の声、届いてるか？　なあ、どうなんだ？」

呼びかける声はどこまでも優しくて。こんなにも、こんなにも優しさが降り積もってゆくのに。何もできないことが、何一つ、返してあげられないことが。欠片《かけら》さえ返せないことが――苦しい。

「なんつって……おまえが一番大変なのに、俺が不安になってちゃいけねえよな。……大丈夫だ、一陽《かずひ》。おまえはまた、元気になる。……元気になる、……よな」

大丈夫だ、大丈夫だ、って。何度も、何度も、病室に来ては繰り返すそうちゃん。それはまるで、私に言いながら、自分に言い聞かせているようで。

「一陽《かずひ》」

――何度目、何十度目だっただろう。それは。

「俺には何ができるんだ」

疲弊しきった……憔悴《しょうすい》した声。

ごめん……なさい。

ごめんなさい、ごめんなさいごめんなさいごめんなさい。

そうちゃんはいつも事故の日のことを後悔して謝るけど、謝りたいのは私のほうだ。だけどどんなに心の中で叫んでも言葉になってくれない。私の想《おも》いは全部闇の中に消えていって、誰にも通じないし伝わらない。

ごめんなさい。私は何もできないのに。どうして、いつも、いつまでも、そんなに想《おも》ってくれるの。どうしてそんなに優しいの。その優しさが、今は身を引き裂くように痛い。どんなに疲れた声でも、項垂《うなだ》れた絶望の中の声でも、こうして、私の手を握ってくれて――

動け、私の手。一秒、一瞬でもいい。声が出ないなら、せめてこの手を握り返したい。あなたが苦しむ必要なんてないんだよって。

動け、動け動け動け、動け動け動け動け動け動け動け――動け！　ああ、どうして！

私の手なのに、私の体なのに、どうして少しも動かないの――！

奇跡は起きない。結局、文字通り何もできない。血を吐きそうだ。こんなにも傍《そば》にいるのに、私はそうちゃんの絶望を晴らすことができなくて、それどころかいっそう苦しめるだけ。

それでもきっと、そうちゃんは、明日も来てくれるんだ。

「また、おまえと話したい。おまえの笑顔が見たい」

――私も。私もなんだよ、そうちゃん。

「一陽《かずひ》」

渇いた声で、名前が呼ばれる。

「また、笑ってくれよ、一陽《かずひ》……」


それから、またしばらく時間が経過した。

時計も、カレンダーも何も見ることのできない私には、どのくらいの時間が経《た》ったのかとか、よくわからないけれど。

とにかく、何一つ事態が好転しないままの、ある日のこと。

「……泣いてるの？　晴丘《はるおか》君」

「……涼夜《すずや》」

そうちゃんがいつものように私の傍《そば》にいてくれたとき。涼夜《すずや》さんが、私のお見舞いに来てくれた。

「……大丈夫？　ちゃんと、眠れているの……？　とても、疲れた顔をしているわ……」

「……大丈夫じゃないよ。眠りたいとも思わない……」

そうちゃんの声は疲弊しきっていて、だけどそれを受け入れていた。苦しむことを望んでいるようだった。それが自分に与えられた罰だとでもいうように。

「……涼夜《すずや》。俺は無力だ」

「そんなことないわ」

「一陽《かずひ》は今も目覚めないのに、俺は、何もできない。何もできないのに……どうして俺は、ここにいる？　一陽《かずひ》が目覚めないのに、どうして俺が生きてるんだ。このまま一陽《かずひ》が起きないなら……もう……俺だって……」

「……っ」

そうちゃんの言葉を、聞いていられなくなったように。涼夜《すずや》さんは珍しく、必死な声を出した。

「……高校三年生の春……っ」

「……涼夜《すずや》？」

「高校三年生の春。私はあなた達《たち》と、友達になれた。……あなたが。私が本当は、一人は寂しいんだって、気づいてくれたから」

そう。それが私達《わたしたち》の、本来の出会い方。

高校三年生のとき、結局高校生活の中で全然、親しいお友達ができなかった涼夜《すずや》さんに、そうちゃんが声をかけて。私とそうちゃんと葉介《ようすけ》君の輪に、涼夜《すずや》さんが入るようになって。

「皆、私のことを好いてはいてくれるのかもしれない。でも、やっぱり、別世界の生き物と接するみたいで。壁や距離を感じていて……。このまま、誰も『友達』って呼べる人がいないまま、高校を卒業することになるのかと思っていたから。あなたが声をかけてくれたこと、本当に、本当に……嬉《うれ》しかったの」

きっかけは些細《ささい》なこと。だけどそれは、涼夜《すずや》さんにとってはとても大きな出来事で、大切なことだったんだと思う。

「……それでね。私、あなた達《たち》と接するようになって、すぐ、気づいたことがあるの。天ヶ瀬《あまがせ》さんはいつも優しく笑顔だけど、それは、晴丘《はるおか》君が傍《そば》にいるおかげなんだろうなって……」

……そう。そうなんだよ。まさにその通り。

「晴丘《はるおか》君。あなたは無力なんかじゃない。天ヶ瀬《あまがせ》さんは、あなたがいてくれて、幸せなのよ」

本当に。……涼夜《すずや》さんは、すごいな。

私が言いたいことを代弁してくれて、優しくて、そうちゃんの力になってくれて――

……羨ましい。

そうちゃんと普通に話せること、それだけで今はもう、羨ましくて仕方がない。涼夜《すずや》さんは、私とそうちゃんのために言ってくれているのに。壊れてしまいそうなそうちゃんの支えになろうとしてくれているのに。私にできないことを、代わりに全部してくれているのに。涼夜《すずや》さんがそうちゃんに声をかけるだけで、苦しくて、そんな自分が嫌だった。

「――晴丘《はるおか》君。奇跡は、あるわ。奇跡を起こすことはできる。……あなたが、諦めることさえしなければ――」

私もそうちゃんに言葉を伝えたいの。私が、そうちゃんに話したいの。一言だけでもいいから——

それさえできないのなら、もういっそ声すらも聞こえないようにしてほしかった。自分がそうちゃんと話せないのに、そうちゃんが苦しんでいるのをただ聞くしかできないのは。私のせいでそうちゃんが苦しんでいるのは。他の女の子がそうちゃんの支えになっているのは。胸が締めつけられて、どうにかなってしまいそうだ。

——神様。

どうして、私を、こんなふうにしたのですか。

ああ。どうか、どうか、早く私の目を覚まさせて。どうか、また元気になってそうちゃんの前に立てますように——と。何度となく願ってきたことを、またいっそう強く願う。

だけど、でも、それでも。

どんなに願っても何も変わらないまま、残酷に時間だけが流れた。

もう、あれから、どのくらい、たったんだろう。

わたしが、じこにあってから、なんにち、なんかげつ、たったんだろう。

わからない。もう、なにも、わからない。

わたしは、いきているのかもしれないけど、いきているだけだ。いきることいがいの、なにも、ゆるされてはいない。わたしは、いきているんだろうか。

「一陽《かずひ》」

それでも、まだ、そうちゃんは、わたしに、あいに、きてくれる。

「一陽《かずひ》。今日は、プレゼントがあるんだ」

そうちゃんは、わたしの、てを、とって。とあるものを、ゆびに、はめた。

「おまえの、誕生日だから」

めを、あけられなくても、ひだりての、くすりゆびの、かんしょくで、わかる。これは。

……指、輪。

「俺とお揃《そろ》いなんだぜ。……見えないだろうけど」

やめて……。

――やめて。やめてやめてやめてやめてやめてやめて。

こんなものは、あなたを縛りつけるだけの、枷《かせ》だ。

「大丈夫だ」

大丈夫じゃない。大丈夫なわけない。どうしてあなたはそうなの。

優しいから傷ついて、優しいから苦しんで、優しいから、こんなふうになった私でさえ手放せずにいる。

「俺は、ずっと、おまえの傍《そば》にいる。おまえを忘れたりしない。おまえを置いてどこにも行ったりしないんだ、俺は」

温かい言葉達《たち》が、刃物みたいに心を抉《えぐ》る。血が流れないのが不思議なくらいだ。聞きたくない。手で耳を塞いでしまいたい。だけど手は動かない。そして、無力なこの手には、そうちゃんの自由を奪う指輪がはめられたまま。

こんなのは、自傷だ。そうちゃんは、もっと自由に、幸せになれるはずなのに。こんなものがあったら、そうちゃんはずっと私を忘れず、私に縛りつけられたままだ。

「待ってる。……ずっと、おまえを待ってるから」

いい。

もう、私を、待たないで。

これ以上、私を、待てば待つほど、地獄に堕《お》ちていくだけ。

私を置いてさえいけば、そうちゃんは、幸せになれるのに。

「待つことしかできないのが……おまえのために何もできないのが、ほんと、悔しいけど……」

誰でもいい。神様じゃなくたっていい。誰か。そうちゃんを、どうかどうか、幸せに。

そのためなら、こんな命、捧《ささ》げていい。私の命なんて、いくらでもくれてやるから――

体が動くのであれば、きっと地面に額を擦《こす》りつけていた。そんなふうに懇願した、次の、瞬間。

強い光と、頭痛を感じた。

同時に、私の内側に声が響く。

『……本当に、それが、あなたの望みなのですか？』

最初、幻聴なのかと思った。とうとう私はおかしくなって、こんな、自分に都合のいい声を夢想しているのかなって。

だけど、たとえ夢だっていいから、縋《すが》りたかった。だから実際に首を動かすことはできなくても、私は、心の中で何度も深く頷《うなず》いた。確かな意志と、願いを込めて。

私は、そうちゃんに幸せになってほしい。

こんな私じゃなくて、もっと別の、ちゃんとそうちゃんを笑顔にしてくれる人と――

『……それが、あなたの願いなのなら。叶《かな》えましょう』

ドクン、ドクンと。自分の心臓が、声に合わせるように動いているのを感じた。

『私は、あなたに時間を与えます――今から、あなたの時間を戻します。あなたに与えられる期間は、一ヶ月。

……先程願いを叶《かな》えると言いましたが、厳密には、願いを叶《かな》えるのは、あなた自身。あなたは、あなたに与えられた時間の中で、あなたの願いが叶《かな》うように動きなさい』

その声は、声でありながら、声じゃない。思考が頭の中に直接流れ込んでくるみたいな。聞いた瞬間から、ほろほろと崩れ落ちてゆくような。男の人なのか女の人なのか――そもそも人なのかもわからない、不思議な声。

でも、いい。

この声の正体がなんだろうと、構わない。どうでもいい。

私は、そうちゃんのためなら、悪魔にだって魂を売ってやる。

『そう……私が与えるのは、ただのチャンス。……願いを叶《かな》えられるかどうかは、あなた達《たち》にかかっている』

ぶわり、と。

私がいるのは病室のはずなのに、突風を受けるような、強い空気の抵抗のようなものを感じた。

『……最後に。あなたに、伝えたいことが二つあります。一つは、もしもあなたの行動がうまくいかなかった場合、最後の手段として、あなたの記憶を、彼に伝えられるようにしてあげましょう。それによって、彼自身が未来を選べるように。ただし、それを行ったとき、あなたの巻き戻しの時間は終わります。……そして、もう一つ。これは、忠告ですが』

ぐにゃりと世界が歪《ゆが》む感覚。真っ暗闇、何も見えないまま、何か激しい渦、濁流に巻き込まれるかのような強い力の流れを感じる。

『あなたはさっき、自分の命を捧《ささ》げていい、と誓った。それを忘れないでください――』

体が引き千切れそうだ。怖い。助けて、と手を伸ばしたくなる。だけど誰にも、助けなんて求められない。

助けてくれる人なんていないんだ。救いなんてない。

この声が、「救い」なのかもしれないけれど。でも、無償の救いなんてありえない。今の言葉からしても——私はきっと、対価として命を捧《ささ》げることになるのだろう。

それで構わない。何を犠牲にしてでも、絶対に。

絶対に——そうちゃんだけは、幸せにしてみせる。

◆

「……え……？」

ひさしぶりの、真っ暗闇の中じゃない、色づいた世界。

見える。ちゃんと、自分の目で、世界が見える。

病室じゃない、自分の部屋。ずっと暮らしていたはずなのに、どこか懐《なつ》かしい——

「わ、私、どうして——」

自分の両手を見つめる。指輪のない手。ためしに握ったり、開いたりしてみるけれど、自由に動く。それに、口を動かして言葉を発することができる。

何が起きているの。今までの、事故とかが、全部夢だったみたいに。そうだったらどんなにいいかと思うけど、あれは夢なんかじゃなかった。

じゃあこれが、あの声の言っていた「チャンス」――？

すぐに部屋を出て、階段を駆け下りる。

一階のダイニングには、そうちゃんと同じくらい、ずっと会いたかった人達《ひとたち》の姿。

「お父さん、お母さん！」

大きな声で呼んだ私にびっくりしたように、二人の目が、私のほうに向く。ふっと、温かな微笑《ほほえ》みを向けてくれる。

「おはよう、一陽《かずひ》。どうしたの、そんな大きな声出して」

綺麗《きれい》な半熟の目玉焼きをテーブルに運ぶ、お母さん。

眼鏡をかけて新聞を読んでいた、お父さん。

私のよく知る、穏やかで、優しい、朝の光景。

ずっと会いたかった人達《ひとたち》がすぐ目の前にいる。笑って、なんでもない日常を過ごしている。

「……っ」

それだけのことで、胸が熱くなって、涙が溢《あふ》れてくる。

「おい、どうした、一陽《かずひ》、なんで泣いてるんだ⁉」

お父さんが驚き、心配してくれる。その声にはっとして、私は涙をぬぐった。

「ご、ごめん、ちょっと寝ぼけてて！　か、顔洗ってくるね！」

バタバタと洗面所に向かう。……そして、鏡を見て、気づく。

自分の顔が、少しだけ、幼いことに。

——頭の中に響いたあの声は言っていた。「時間を戻す」と。

その後、新聞で年月を確認してみて、はっきりと理解する。

今の私は、高校生だ。

いや、あの事故のときの記憶が鮮明に残っているので、「高校生の私の体に、大学生の私の精神が入っている」状態なんだろう。

映画とかでよくある、タイムリープした状態。

なんでこんなことが起きているのかわからないし、信じられない。だけど、私は。

やり直すチャンスを、得たんだ。

「……っ」

手足が震える。ただ喜んでいる場合じゃない。期間は一ヶ月。その間に、私にはやらなきゃいけないことがある。

あの声が、私の願い……「そうちゃんに幸せになってほしい」に応じて、時間を戻してくれたとして。

私が事故に遭わないようにするだけなら、三年前じゃなくてよかった。それなら、事故の直前まで戻ればいいだけなんだから。

……私が事故に遭わない、というだけじゃ、きっと足りないんだ。

そうちゃんが、幸せになるためには。

私と、結ばれるべきじゃないんだ。


制服に着替え、外に出た。

青い空。白い雲。夏の空気。高校の制服。何もかもがひさしぶりだ。

そうして、私は。そうちゃんの家の前で、彼を待っていた。

心臓がはやる。もうすぐ、もうすぐ会える。ずっとずっと会いたかった、世界で一番大好きな人に。

扉が開く。彼の姿が見える。懐《なつ》かしい、高校生の制服に身を包んだ彼が。

「……そうちゃん……」

目に、涙が押し寄せた。呼吸すら忘れかける。そのまま泣き崩れてしまいそうになるのを、自分の頬を打つような気持ちで、無理矢理止める。

——あのときの思いを。

どうやって、言葉にできるというの。

ずっとずっと。声だけ聞こえていた、顔が見たかった、愛《いと》しい人。

今この手に指輪はないけれど、動けない私にも、指輪をくれた人。すぐにでも、飛びついてしまいたかった。抱きしめたかった。ぎゅうっと、抱きしめて離さないでほしかった。そうして優しく頭を撫《な》でてほしかった。そうちゃんの大きな手を、長い指を、この体で感じたかった。

でも、自分にそんな資格がないことをわかっていた。

私はそうちゃんを幸せにできなかった。

そうちゃんの隣にいるべきなのは、別の人なんだ。

だから、歯を食いしばるような気持ちで、抱きしめたい衝動を堪えた。

あのとき、あの瞬間。

自分の未来も、命も、すべてを、この青い夏の中に放り投げて。

あなたの未来を、笑顔を、私じゃない女の子に託そうとして。

私の、一ヶ月だけの夏が、始まったんだ。

これは本当は、夢なんじゃないの。私は死んじゃって、ここは天国で、神様が優しい夢をみせてくれているんじゃないの。何度となくそんなことを思った。

だって、私は事故に遭ったはずなのに。高校生になった私は、そうちゃんの傍《そば》にいられて、普通にお話しできて、そうちゃんの、笑った顔、不機嫌そうな顔、眠そうな顔、焦《あせ》った顔、照れてる顔、全部全部この目で見ることができて。本当に、嬉《うれ》しくて。

……だけど、優しい夢というには、少し苦い。

私はそうちゃんの幸せのために、そうちゃんと涼夜《すずや》さんをくっつけることにした。

そうちゃんとお似合いなのは、そうちゃんの傍《そば》にいるべきなのは、彼女のほうだから。

だから、頑張ったの。高校一年生のときの、本来の私と涼夜《すずや》さんは、駄菓子屋で一度お話ししただけで、結局その後接点はなくて、親しくならなかったけど。声をかけて……本来の時間軸で後に彼女の好物となる、コロッケがあるお店に連れて行ったり、一緒にお弁当を食べたり。

そうして、涼夜《すずや》さんの喜ぶことをして、少しでもそうちゃんと涼夜《すずや》さんとの距離を近づけようと。

だけど、そうちゃんが涼夜《すずや》さんに笑いかけるたび、胸が軋《きし》む。

その笑顔は、私のものだったはずなのに。

私が、そうちゃんにとって一番大切な女の子でいたかったのに。

他の女の子を好きにならないで——私を好きでいて。

気を抜くとそう願いそうになってしまう。そんな自分が本当に嫌い。

そうちゃんのことが好きだよ。本当は一人占めしちゃいたいの。でも。

あんな、壊れてしまいそうなそうちゃんの声を、ずっと傍《そば》で聞いてきて。どうしてまだ、

「私を好きでいて」なんて言える？

目を閉じると、鮮明に思い出せる。あの、暗闇の記憶。

眠るのが怖いよ。またあんな真っ暗な中に閉じ込められて、私を置いて進んでゆく世界の音だけを聞いていなきゃならなくなったらどうしようって、怖くて怖くて仕方がない。

もう、暗闇に一人は嫌。ひとりは、いや、なの。

でも、忘れてはいけない。私に与えられた時間は一ヶ月。それが終わったら、私はきっと、またあそこに戻る。……ううん。命を捧《ささ》げる、と誓って、時間が戻ったんだ。もう、死んでしまうのかもしれない。……でも、そのほうが、マシなのかもしれないね……。

本当は、とても怖いし、寂しいよ。寂しい寂しい寂しい。

誰より大好きなのに。世界で一番大好きなのに。誰かに渡したいわけ、ないじゃない。

「ほら、一陽《かずひ》！」

「天ヶ瀬《あまがせ》さん」

あの日。水鉄砲バトルの中。笑顔のそうちゃんと涼夜《すずや》さんが、私に、手を差し伸べてくれた。

「一緒に遊ぼう」

「一緒に遊びましょう」

眩《まぶ》しい、太陽みたいな笑顔と掌《てのひら》。世界に光が満ちて、真っ白に染まってゆくみたいだ。とてもとても、嬉《うれ》しかった。まるで私を、闇の中から救い出してくれるみたいで――

許されるのなら、このまま、ずっとここにいたいと願ってしまうほどに。

——それでも。

たとえ私がどうなったとしても、私のすべてをかけてでも、そうちゃんだけは幸せにしてみせる。

そうちゃんまで、こんな地獄に、道連れにはできないから。


……これがここに至るまでの、私の記憶。

そして、私がここにいられる時間ももう終わる。正確には一ヶ月間だったけど、この記憶を見せたら、それでもう私の巻き戻しは終わるって、あの声は言っていたし。だから……だから、ね。

これで、さよならだよ、そうちゃん。

始まりを告げる声

「……そうちゃん？」

はっ、と。

一陽《かずひ》が俺を呼ぶ声で、我に返った。

空にはまだ花火が咲いている。俺が一陽《かずひ》に告白してから、まだほとんど時間が経《た》っていないようだ。

「一陽《かずひ》……っ！」

「わわっ、何？」

「今の……っ、本当なのか⁉　今の記憶……あの、事故のこと……」

「き、記憶？　事故？　なんのこと……？」

一瞬、ここまできてどうしてまた隠すんだと憤《いきどお》りが湧いた。だけどすぐに違うと気づいた。

今の一陽《かずひ》の様子は、これまでと違い、しらばっくれている感じじゃない。

「それより、私、なんでここにいるんだっけ？　おかしいなあ、全然思い出せない……」

今、記憶を見せて、未来に起きることを教えてくれた「あの一陽《かずひ》」はここから消えた。

今の一陽《かずひ》は、未来に起きる事故など何も知らない、俺と同い年の一陽《かずひ》なんだろう。

……タイムリープ。そんなことが、ありえるのか？　信じがたい、けれど、あんな残酷な記憶を見ておいて、嘘《うそ》だなんて言えない。

そもそも、ずっとおかしいと思っていたじゃないか。一陽《かずひ》が変だと。泣きそうに潤んだ目をしていたのも、俺と涼夜《すずや》をくっつけようとするのも、そのくせ俺達《おれたち》二人が仲がよさそうだと寂しそうなのも、ずっと無理をしている様子だったのも。

すべては、あの未来があったから、だったとしたら。

「……そうちゃん？　ねえ、どうしたの？　大丈夫……？」

一陽《かずひ》が、黙り込んだままの俺の異変に気づき、心配そうに顔を覗《のぞ》き込《こ》んでくる。

「一陽《かずひ》……」

この一陽《かずひ》は、あの未来を知らない。だから、何を言ってもどうしようもない。それはわかっている。

「俺は……俺は、嫌だ。あんな……っ！」

わかってはいるけど、感情が抑えられなかった。

あんな記憶を見せられて、黙ってなどいられない。あんな未来、許せない。許せるはずない。

刹那、花火が弾《はじ》ける。虹のような色彩を散らし、バチンと、電撃のように。——違う。

これは花火じゃない。

俺の頭の中で、何かが弾《はじ》ける。

足もとがぐらつく。世界が廻《まわ》る。

『それでも、あの未来は訪れます。あれは、紛れもない、彼女が体験した事象。彼女の未来であり、あなたの未来』

声――声が響く。頭が痛む。うまく聞き取れないのに、はっきりと内容は理解することができる。

『――もし。今の未来を壊したいと望むのなら。彼女を救いたいと願うのならば。その道は、けして優しい道でも、易しい道でもありません。茨の中を進んでゆくようなもの』

泡のように朧《おぼろ》な声。聞いた瞬間からその声の存在を忘れてゆくように、その声の主が、男なのか女なのか、若いのか年老いているのか、そもそも人間なのか人外なのかさえ、わからなくなってゆく。

『……それでも。あなたは、彼女を救いたいと願うのですか？』

「当たり前だ！」

既に現実と幻影は境界線を失っていた。数瞬前まで確かに眼前にいた一陽《かずひ》の姿さえ、今はもう陽炎《かげろう》だ。脳内に花火が飛び散っているような、暴発する色彩に塗れた視界の中、虚空《こくう》に向け叫ぶ。

「許せない。俺は絶対に許さない、こんな未来。このままになんてしておけるか。絶対、回避してみせる。一陽《かずひ》をあんな目に遭わせない。俺は、一陽《かずひ》を救いたい！」

『そうですか』

声は応える。どこまでも淡々と。

『それならば。あなたにも、チャンスをあげましょう』

あまりにも淡々としているので、嘘《うそ》かと思ったほどに。

◇

「……え……」

目を開けると、夜空も、花火も、一陽《かずひ》の姿もどこにもなかった。

青い空。特別さも何もない、何の変哲もない通り。俺は歩道に立っていて、右側、ガードレールの向こうは車道だ。

「蒼《そう》、どしたの？　急に立ち止まっちゃって」

「わっ……え⁉」

何が起きているのか、と呆然《ほうぜん》としていたところで声をかけられ、ビクッと肩が跳ねた。

「おまえ、よ……葉介《ようすけ》……か？」

俺の左隣に、一人の男。葉介《ようすけ》だけど、俺の知ってる葉介《ようすけ》と少し違う。

「やだな〜、何言ってんの、蒼《そう》。僕は僕に決まってんじゃ〜ん、僕以外に誰がいると……あっそれとも何⁉　どっかで僕のドッペルゲンガーでも見た⁉　そういう話なら、ぜひ詳しく！」

この発言と陽気さ、間違いなく葉介《ようすけ》だ。だからこそ、俺の中に一つの、確信めいた疑念が生じる。

「なあ、葉介《ようすけ》。今……何年だ？」

「えっ？　何年って。そんなの決まってんじゃん」

当然っしょ、みたいに葉介《ようすけ》が口にした日付。

それは、俺が本来いた地点から三年後。

三年後の、七月。

「それにしても、いきなり何年か聞くなんてどうしたの？　何々⁉　タイムスリップごっこ⁉　そういうのなら僕に任せてよ！　どういう設定でいく？　偶然見つけたタイムマシンに乗り込んじゃった系？　それとも自分自身が博士で発明した系？　……でも蒼《そう》、遊んでていいの？　この後一陽《かずひ》ちゃんとデートっしょ」

「…………え」

「え？　って。一陽《かずひ》ちゃんの観《み》たい映画に、たまには付き合ってやるんだって言ってたじゃん。僕もそっち方向に用あるから、途中まで一緒に行くけどー、二人の邪魔はしないから安心して！

にしても、ほんとどうしたのさ、急に止まったり、謎の発言したり……って、あれ⁉　蒼《そう》⁉」

葉介《ようすけ》の話が終わる前に、俺は駆け出していた。

あの声の正体がなんなのか、どんな力でこんなことをしてくれたのかはわからない。だが俺は、三年後にタイムリープしている。

だとしたら、もうすぐ一陽《かずひ》が事故に遭う。わかってるなら、防げる。助られる。

千切れそうなほどに手足を振り、全力で走った。一陽《かずひ》の記憶を見たから、待ち合わせの場所はわかっている。あとは時間との勝負だ。間に合え。間に合ってくれ——

限界を越えた全力疾走。呼吸は乱れに乱れ、肺がひどく痛む。爆発しそうなほど心臓が鳴っている。それがどうした。今ここであいつを助けられるなら、たとえ手足がもげようと、心臓が潰れようと構わない。

必死で走りながらも、一瞬一瞬が、永遠のような恐怖だった。間に合わなかったら、と。這《は》い上《あ》がる絶望が、全身を真っ黒に染めようとする。振り払うように、更にスピードを上げる。

そうして、ようやく見えてきた。

横断歩道の先、駅ビルの前に、俺を待つあいつの姿。

「一陽《かずひ》！」

俺の声に気づきこちらに振り返る、少し大人びた一陽《かずひ》。どうして俺がこんなに必死に走ってくるのか、どうしてこんなに切羽詰まった声で呼ぶのか、わからなくてきょとんとしている。

わからなくていい。あんな痛みと辛《つら》さは、永遠に知らないままで。

俺は、あんなことを起こさないために、ここに来たんだから。

絶対に助けると誓う、しかしその瞬間、視界の端に子どもが映る。

一陽《かずひ》が助けようとした子ども。そうだ。

俺は一陽《かずひ》を救う。だからといって、あの子どもだって見殺しにはできない。

「おまえはそこでじっとしてろ！」

一陽《かずひ》にそう言い、横断歩道へ踏み出す。トラックがこちらに突っ込んでくるのが、見えないわけじゃなかった。一歩間違えれば、一陽《かずひ》の代わりに俺があの状態になる。

それでも。俺は、やると決めた。そのために今ここにいるんだ。少なくとも、一陽《かずひ》の苦しみを俺が代われるならそれでいい。

震える足を叱咤《しった》し、悲鳴を上げる心臓を無視し、半ば無理矢理子どものもとへ。

そのまま、子どもを強く、守るように抱きしめ、スライディングで突っ込むように、トラックから逃れる。

間一髪。紙一重で、トラックはハンドルを切り勢いよく駅ビルのショーウィンドウに突っ込む。派手に硝子《がらす》が割れて砕け散った。一陽《かずひ》の傍《そば》だったので、一瞬これでも駄目だったかとぞっとしたが——今、この目には、確かに生きている一陽《かずひ》が映っている。

……無事だ。

一陽《かずひ》も、俺も、轢《ひ》かれそうだった子どもも。

「……や……った……？」

手が震えている。怖かった。ほんの少しでも間違えれば、自分や、一陽《かずひ》や、誰かの命が奪われる場面。けして失敗の許されない行為。今更になってどっと恐怖が襲ってきて、心臓がバクバクと情けなくしずまらない。

それでも、生きている。一陽《かずひ》は確かに、生きている。

やった。俺はやったんだ。チャンスを与えられ、成功させることができた。もうあんな未来は訪れない——！

「一陽《かずひ》、やった！　俺達《おれたち》は……」ぐしゃり。

運命を変えるなんて、難しいんだと思っていた。だけど、なんだこんなにも簡単なんじゃないか、と、拍子抜けな気持ちもありながら達成感と安堵《あんど》、幸福で満《み》ち溢《あふ》れていた俺は。

人間が潰れる音を聞いた。

「…………………………………………は？」

やった、なんて喜んでいた、浅はかな自分を嘲笑《あざわら》うように。

悪趣味な、出来の悪いギャグみたいに。

冗談みたいに呆気《あっけ》なく。

今トラックが突っ込んだことによるものなのか、あるいはそれとは関係ない他の要因なのか、工事中だった駅ビルの屋上から、鉄骨が落ちてきて。

一陽《かずひ》はその下敷きになった。

思考にペンキをぶちまけられたように、頭が真っ黒になって何も考えられない、俺の中に。

また、あの声が響く。

『さあ幕開けです、晴丘蒼《はるおかそう》。これは試練であり、あなた達《たち》が、救われるに相応《ふさわ》しい人間か、試す時間。抜け出す道は存在します——けれど繰り返し続けるかぎり、苦しみは永遠に続く』

正体不明の声。淡々とした調子で、俺の内に語りかける。

『安心してください。あなたが望むのであれば、何度でも挑戦権を与えましょう。今回は少し、時間も短すぎましたからね。特別に、次は朝からやり直させてあげますとも。……あなたはこの運命を覆《くつがえ》すため、何度でも繰り返せる。ただ、一つ、条件があります』

目の前にはまだ、鉄骨に押し潰された一陽《かずひ》の血が流れ続けている。声なんて聞いていられる精神状態じゃないのに、なんの情けもなく、声は語り続ける。

『繰り返すたび、あなたの恋人の記憶は白紙になり、事故に遭った後、すべてを思い出します。……事故をきっかけに、失っていたそれまでのループの記憶すべてを取り戻すのです。この意味がわかりますか？

あなたが失敗するたび、あなたの恋人は、死にも等しい地獄の苦しみと孤独、絶望の記憶を蓄積してゆくことになるでしょう。

残酷、だと思いますか？　だけど、ループすれば全部なかったことにできる、なんてイージーすぎるでしょう？』

「どうして……こんなこと……」

絞り出すように呟《つぶや》く。まともな返答なんて、期待していたわけじゃない。

けれど、返ってきたのは、想像以上に意図の不明な、まったく答えになっていない答えだった。

『……あなたは。消えない泡なんて、見たことがあるんですか？』

意味がわからない。

だけど、脳裏に過る。

子どもの頃、一陽《かずひ》と一緒によく飲んだラムネ。

仄青《ほのあお》い、冷たく甘い液体の中で、しゅわしゅわと弾《はじ》ける泡。

それを飲む、あいつの笑顔と。

照れたときの、赤くなった顔と、あの甘さが。

……確かに脳裏に蘇《よみがえ》るのに、「今」もうそれはどこにもない。

どんなに甘い泡も、いつかは弾《はじ》け、消えるものだ。

眼前に立ち塞がるのは、真っ赤に血塗られた未来。

『さあ。あなたは、いつまで、この繰り返しに耐えられるでしょうか？』

そして声は告げた。

——地獄の、始まりを。

俺と彼女の結末

彼女は悲劇を経験していた。

ここから先は、結末の話だ。

俺のせいで、彼女はすべてを失った。


「――っ！」

ベッドの上から跳ね起きる。

「……っは……」

全身が、ぐっしょりと気持ちの悪い汗をかいていた。心臓の鼓動と、呼吸が乱れており、指先は凍っているかのように冷たい。

「……？　……⁉」

周囲の様子を窺《うかが》ってみても、血塗《ちまみ》れになった一陽《かずひ》の姿はないし、そもそも場所があの駅前でもない。――俺の、部屋だ。

枕元にスマホが置いてあったのを見つけ、日付を確認する。

七月七日、木曜日。時刻は朝の八時。

――時間が、巻き戻ったんだ。

さっきの、鉄骨に押し潰された一陽《かずひ》は。悪夢のようだけど、夢なんかじゃなかった。本来なら巻き戻らないはずの現実。

だけど、よくわからないけれど、謎の力によって、俺の時間は戻った。

今度こそ……今度こそ、あいつを守るんだ……！

「一陽《かずひ》……！」

俺は急いで自分の家を飛び出すと、隣の家へ向かい、一陽《かずひ》の部屋に駆け込む。

「わっ……そうちゃん、どうしたの？」

「っ……一、陽……！」

思わず、俺は一陽《かずひ》の両肩を摑《つか》んでいた。

こいつが、ちゃんとここにいることを。確かに存在していることを、確かめるように。

「一陽《かずひ》……！　頼む。今日は、どこにも行かないでくれ。一歩も、家から出ないでくれ……！」

「えっ？」

「そうじゃないと、おまえは……酷《ひど》い目に遭う。だから、頼む……！」

事情を知らない一陽《かずひ》からしたら、変なことを言っているように聞こえるだろう。

それでも、もう一陽《かずひ》をあんな目に遭わせるわけにはいかない。

一陽《かずひ》は突然のことに驚いているように、目をぱちくりさせたが――すぐに、笑顔で頷《うなず》いてくれた。

「うん。わかったよ、そうちゃん」

「ほ、本当か、よかった……。けど……その、あっさり了解してくれるんだな。自分で言うのもなんだが、変だと思わないのか？」

「だって……今のそうちゃん、ちょっといつもと違うけど、真剣なんだって、見ればわかるよ。それに私、そうちゃんのこと、信じてるから。そうちゃんは……そりゃあ、たまにちょっぴり意地悪なときもあるけど。でも、何かの冗談とか嘘《うそ》でこんな、私を不安にさせるようなことは言わないもの。そうちゃんがそんなふうに言うってことは、何か、わけがあるんだよね？」

「あ、ああ……」

無条件の信頼をくれる一陽《かずひ》に、迂闊《うかつ》にも、泣いてしまいそうになる。

だが泣いている暇なんてない。さっきは、トラックでの事故を回避しても、別の不幸が起きた。いつ、どこで何が起きるかわからない。

もう二度と、一陽《かずひ》をあんな目に遭わせない。そんな決意を秘め、一日、一陽《かずひ》を一歩も外に出すことなく、二人で部屋で過ごした。

一陽《かずひ》の母さんは最初少し不思議に思っていたようだけど、「大学側の都合で休講になったから、二人で自習しようと思って」となんとか誤魔化した。

……時計の針が、一秒一秒、進んでゆくことが、救いのようであり、地獄のようだった。

この一日を乗り切ることさえできれば、一陽《かずひ》は救われるんじゃないかという希望と。一秒後には、予想もできないようなとんでもない不幸が訪れるんじゃないかという絶望と。二つが激しく、天秤《てんびん》のように揺れる。

異様なほどに長く感じる、精神が擦り切れるような一日。一陽《かずひ》は、そんな俺の内心を察してか、終始明るく話しかけてくれた。

……そして、俺の警戒をよそに。長い一日は、結局何事もなく終わりを迎える。

正直、拍子抜けだった。絶対何か起きると思っていたから。これから何かあるんじゃないかと、自分の家に帰るとき、気が気じゃなかった。けれど親の目がある以上、さすがに夜まで泊まるわけにはいかない。一陽《かずひ》に、何が起きるかわからないから気をつけろ、何かあったらすぐ電話しろ、としつこいほど言い聞かせた。いつ一陽《かずひ》から連絡がきてもいいようにとスマホを握りしめていたら、ちっとも眠れず。

結局俺は一睡もできないまま、不安でたまらず、明け方には外に出て、外で見張りをするように一陽《かずひ》の家の前をうろうろしていた。

七時になると、一陽《かずひ》から電話がかかってきた。何か起きたのか、と血の気が引く思いで通話する。だが心配に反し、一陽《かずひ》は朗らかな声だ。

「あ、おはよう、そうちゃん。今日はもう、外に出てもいいのかな? 大学、行かなくっちゃ」

一陽《かずひ》はちゃんと、無事だった。

……俺は、事故の日、七月七日を越えた。

これで、もう大丈夫なのか? 一陽《かずひ》は救われたのか?

呆気《あっけ》なさすぎる気がして、どうにも不安がおさまらない。

だけど、これから毎日、一陽《かずひ》を部屋に閉じ込めて暮らすわけにもいかない。

悩んだ末、俺は一陽《かずひ》と一緒に大学に行くことにした。

周囲から不思議に思われるほど、一陽《かずひ》の傍《そば》にい続けて。小さな物音一つしただけで、気が気じゃなくて。

一睡もしていないこともあり、夕方になる頃には、何も起きていないというのにぐったりと疲労を感じた。けれど目は冴《さ》えたまま、胃の中には重い岩のように、不安が沈んでいる。

「そうちゃん。私、今日はこの後、バイトがあるんだけど……」

「ああ。一人で行くな。送っていくから」

「でも、そうちゃんはこの後もまだ講義あるよね?」

「そんなのどうでもいい」

「駄目だよぉ、あんまりサボるのはよくないよ。今日だって、私と違う時間割のところも、私の講義の教室に紛れ込んでたんだし」

「……いいんだ。今はおまえのこと、一人にしたくないから」

思い出すのは、あの、悪夢のような記憶。脳裏に過るだけで身震いし、体が凍る。

「……俺、一陽《かずひ》のこと、困らせてるか？」

今は何も覚えていない一陽《かずひ》にとっては、困惑することばかり言ってしまっているだろう。余計な心配をさせたいわけじゃないのに。

「ううん。そうちゃんがそうしろって言うなら、私が本当に拒むなんてことはないよ。だってそうちゃんの言葉は、いつだって真剣に私のことを考えてのものだもん」

言葉が、笑顔が、疲弊した脳にじんと染《し》み込《こ》んでゆく。熱砂に雫《しずく》が垂らされるような。

けれど浸っている暇など、与えられない。

悲劇はいつだって虎視《こし》眈々《たんたん》と、油断している隙を狙って、襲いかかってくる。

「──一陽《かずひ》!!」

異変に気づき、俺は一陽《かずひ》を守るため、抱き寄せる。だけど、それは無駄な抵抗に過ぎなかった。

パン、と。

あまりにも呆気《あっけ》ない、幕切れを告げる音が鳴り響いた。

◆

——私は全部、思い出した。理解した。

正確には、思い出したのは、私が最初は事故に遭ったこと、そしてタイムリープしたこと。理解したのは、今は、そうちゃんがタイムリープ、そしてループしているのだということ。私はすべて忘れていたけれど、これが三度目の惨劇で。この状態になると、すべてを思い出すのだということ。

お医者さんや家族が話しているのを断片的に聞いたことから、経緯を整理すると。私は銃弾に撃たれたのだという。

犯人は、私達《わたしたち》の大学の卒業生。だけど卒業後就職がうまくいかず恋人もできなくて。生きているのが嫌になって、自暴自棄になって、警官から銃を奪って。「大学生活にいい思い出がなかったから、腹いせに学生に乱暴してやろうと思った。誰でもよかったけど、たまたま目に入った男女二人がいて、カップルなのかなと思ってムカついて、撃った」というようなことを言っているんだとか。犯人は、逮捕されたらしいけど。

でも、私は元には戻らない。

交通事故と、鉄骨に押し潰されたのと、銃で撃たれたこと。それぞれ状況や原因が違うのに、まったく同じ状態に陥るなんて、どう考えてもおかしい。まるで何かの力が働いていて、わざと私を同じ状態にしているみたいだ。

何かの力——あの声の力、だろうか。

……いずれにせよ、この状態の私には、もう何もできない。

何一つ自由にできない暗闇の中、そうちゃんの「ごめん」と叫ぶ声だけが聞こえる。

長い、時間だけが流れた。

◇

悪夢にうなされる浅い眠り。喉が焼けるような吐き気を感じながら瞼《まぶた》を開く。

いつものように、祈る気持ちでスマホを手にする。日付を確認すると、表示されていたのは

——

七月七日、木曜日。

「も、戻って、る……や、やっと」

前回の、大学内での発砲事件以降、俺は、ループしないまま一ヶ月の時を過ごした。

ループするのなら、失敗のすぐ後に戻ってくれればいいものを。いつまで経《た》っても時間が戻らないものだから、もう、永遠にこのままなのだろうかと、気が気じゃなかった。

明日こそ、明日こそ、と信じて眠りについては、目覚めるたびに絶望する日々——だけど、その繰り返しも、やっと終わり。

「今度こそ……二度と、あんなこと、起こすか……！」

家を飛び出し、一陽《かずひ》のもとへ。

「一陽《かずひ》……！」

部屋の扉を開けると、そこには、一陽《かずひ》がいた。

「わ、そうちゃん。どうしたの、急に……」

——一陽《かずひ》が、いて、くれる。

自分の足で立っていて、目を開いていて、俺と、言葉を交わしてくれて。

「そ、そうちゃん⁉」

気づけば俺の目から、ぼろぼろと涙が零《こぼ》れていた。目覚める前の——ループの前の、病院のベッドに横たわって動かない一陽《かずひ》のことが、まだ、脳裏に焼き付いていたから。

こうして一陽《かずひ》の目を見て、声を交わせるだけで、ただ本当に、嬉《うれ》しくて。

「一陽《かずひ》、ごめん……本当に、ごめん……！」

「え？　え？　……ど、どうして謝るの？　どうして、泣いてるの？」

「一陽《かずひ》……、お、俺は……、っ」

そこで一陽《かずひ》は、俺をぎゅっと抱きしめて。その胸に俺の頭を埋めさせ、優しく髪を撫《な》でてくれる。

「えっと……よくわかんないけど、大丈夫。大丈夫だよ、そうちゃん」

顔を上げれば、一陽《かずひ》は柔らかに、笑ってくれて。

「私、謝られるようなことなんて、何もされてないもん。だから、大丈夫だよ？」

ふふっと無垢《むく》に笑う彼女は、何も覚えていない。まるで俺が怖い夢をみていたとでも思っているように、その笑顔は真っ白だ。

だけど、違う。夢なんかじゃない。俺はあの一ヶ月を、忘れたくても忘れることなんかできない。一陽《かずひ》が撃たれて、ずっと目を覚まさなくて——

……そうだ。泣いてる場合なんかじゃない！

「一陽《かずひ》」

「うん？　何？」

「頼む。今日も、明日も、家から一歩も出ないでくれ」

俺がそう言うと、一陽《かずひ》はやっぱり、無条件に俺を信じて、受け入れてくれた。

そうして、一日目、二日目は、一秒ごとに、何が起きるかと気が気じゃなくて、とにかく神経が摩耗したけれど。俺の心配と裏腹に、何事もなく過ぎて。

そして、三日目。

どんよりした俺の内面を映す鏡であるかのように、朝から天気が悪く、空は黒い雲に覆われていた。

「……ねえ、そうちゃん、大丈夫？　クマがすごいよ……全然、眠ってないんじゃない？」

「……俺のことは、いいから……」

何も起きていないのに、何もできていないのに――解決策が、見つかっていないのに。いつ何が起きるかわからないという不安と恐怖は、俺から体力も気力も根こそぎ削り取ってゆく。

「……なあ、一陽《かずひ》。今日も、外に出ないでいてくれるか……？」

「う、うん。大丈夫、私、そうちゃんの言うこと、守るよ。……だからそうちゃん、ちゃんと、休んで……？」

「……ありがとう。でも、俺は大丈夫だから」

大丈夫じゃない。一陽《かずひ》を部屋から出さないまま三日目だ。もう、行き詰《づま》っているようなものじゃないのか。このまま永遠に、一歩も外に出すなっていうのか。そんなの不可能だ。いや、不可能であっても、それしか方法がないのなら……。

しかし一陽《かずひ》の母さんも、父さんも……俺の親だって。明らかに怪しんでいる。一陽《かずひ》に大学やバイトを休ませてしまっていることはけっして快く思われていないし、いいかげん言い訳も通じないだろう。かといって、ループなんて信じてくれるはずがない。

答えを出せないまま夜を迎える。俺はもう、自分の家に帰らないといけない。

「一陽《かずひ》。昨日も一昨日も言ったけど、おまえ、この後絶対、外に出たりするなよ。絶対だぞ」

「うん、約束する。……私より、そうちゃんが死んじゃいそう。お願いだから、ちゃんと眠って？」

「……眠れるわけない。これから先、いつ何が起きるかわからないのに……」

弱音は、心の中だけに押し留《とど》めておくつもりだったのに。疲労と焦《あせ》りから、つい、言葉が口から漏れてしまう。

しかし、一陽《かずひ》は俺の頬に手を当て、ふわりと優しく微笑《ほほえ》んでくれた。

「……だったら尚更《なおさら》、だよ。そうちゃんは私のこと……何かから、守ってくれようとしているんでしょう？　寝てなくて元気なかったら、いざっていうときに動けないし、判断力も鈍っちゃう。ちゃんと睡眠はとったほうがいいと思うの」

一陽《かずひ》としては珍しい、自分を盾にするような言葉。

「だから、今日は、ちゃんと眠ってね」

そういうふうに言えば、俺は頷《うなず》かざるをえないと、一陽《かずひ》は、わかっているから。

一陽《かずひ》はすごい。具体的なことは何も伝えていなくても、俺の焦《あせ》りや不安、疲労を察して、俺に必要な言葉をくれる。

そんな一陽《かずひ》だから俺は守りたいと思うし……そのためには、確かに、ちゃんと休息をとって体調を万全にしておくことも、必要なんだろう。

「……わかったよ……。けど本当に、絶対、家から一歩も出るなよ。もし必要なもんとかあるなら、なんでも俺が買ってくるから。誰か家に来ても不用意に出るな。念のため窓も開けるな。何かあったら、すぐ連絡しろ。隣の家なんだし、絶対駆けつけるから」

「うん。ありがとう、そうちゃん」

こんな地獄の中であっても、一陽《かずひ》の笑顔を見ると、少しだけ心が解ける。一陽《かずひ》は本当に俺を信じてくれているし、俺を心配してくれている。あらためて、しっかりしなければ、と思った。ちゃんと体力を保って、万全の自分で備えなければ、と——

——どうして、それで本当に、眠ってしまったりしたんだろう。

二度も惨劇を目にしてなお、俺はまだ、わかっていなかった。

本当に唐突で、理不尽な不幸というものが、存在することを。

入浴中の落雷によって一陽《かずひ》が感電し動かなくなった、と知ったのは、目を覚ました後のことだ。

◆

……あれから何度、ループしただろう。

私はまた、病室のベッドに横たわり、暗闇の中にいる。

どうして私は、何度もこうなってしまうの。そうちゃんはずっと、こんな私を、必死に助けようとしてくれているのに。

そうちゃんが私を呼ぶ声は、だんだん重く、暗くなってゆく。後悔に削り取られるように、弱々しくなってゆくんだ。

『そう、ちゃん。ごめん、なさい』

私の言葉は声にならず、届くことはないけれど。私は、私の中で、何度となくそう言っていた。

『そうちゃん……そうちゃ……』

暗闇の中。そこで、誰かが私の頬を叩《たた》く。

パン、と乾いた音がしたけれど、痛くはない。それで、現実で誰かに叩《たた》かれたわけではないと察した。これは夢、あるいは幻。

『どうして、生きているの』

真っ暗闇の中で私に問いかけるのは、私だった。

まるで鏡を見るように、自分自身と同じ姿をした人物が立っている。目を吊《つ》り上《あ》げ、涙を流して私に言葉をぶつける。

『私《あなた》のせいだ』

夢だ。わかりやすい、夢。私の自責の念が見せている、私の、罪悪感が形になったもの。夢だと、わかっていても——

『私《あなた》が生きているから、そうちゃんが苦しむ』

私の言葉は、私の中に、深く突き刺さる。

『もう嫌だ。死んで。死なせてほしい。私《あなた》がいなくなれば、これ以上そうちゃんが苦しまずにすむ。いっそ取り返しがつかなくなれば、断ち切れる。【次こそ守る】なんて希望があるから、絶望してしまう。私《あなた》が生きてるから、そうちゃんは諦めることができないんだ。私《あなた》が死ねばそうちゃんは悲しんでくれるだろうけど、でも涼夜《すずや》さんがいれば、きっといつか立ち直ってくれるよ。ねえ、そうでしょう。いっとき悲しんでくれるだけで、もう十分でしょう。

なのに……なんで、まだ、私《あなた》は生きてるの』

冷たく、黒いものが、足もとから這《は》い寄《よ》ってくる。まるで密室に水が満たされていって、息ができなくなるみたいに。

目の前の私の姿が揺らぐ。それは形を変え、今度はそうちゃんの姿をとる。けど――

『一陽《かずひ》……大丈夫。大丈夫だ。次こそ、ちゃんと、守るから……』

そのそうちゃんは、以前からは考えられないほどやつれて、ボロボロになって、虚《うつ》ろな目の下には、真っ黒なクマがあって。顔色は淀《よど》んでいて、土みたいで。

私のせいでこうなっているんだって。なのにまだ優しいことを言って、繰り返そうとしているんだって。そう思ったら、耐えられず、私は声にならない叫びを上げた。

『う……あ、あああああああ。ごめんなさい。ごめんなさいごめんなさいごめんなさい、ごもないから。むしろ夢をみているときのほうが、見えるものが多いから。だから――

えいえんのねむりにつけたら、みんなが、しあわせに、なれるのかな。


『大丈夫よ、天ヶ瀬《あまがせ》さん』

優しい声。そっと、肩に手を置かれる。私の目の前で、涼夜《すずや》さんが微笑《ほほえ》む。

『大丈夫。晴丘《はるおか》君には、私がついているから』

真っ暗闇。夢が終わったことに気づくのに、時間がかかった。だって眠りから覚めても、何

めんなさい……っ』

◇

錆《さ》びつき、苔《こけ》むしたように重い頭を上げ、砂漠で一滴の水を求めるかのように、スマホに手を伸ばし日付を確認する。

七月七日、木曜日。

「……あ、ああ……ようやく……」

また、戻った。ループ、してくれた。

物言わぬ人形と化した一陽《かずひ》の横たわる病室で過ごす、永遠のような時間。時計の針が鉛にでもなったのではないかと思うほど、一日一日が重く、長くて。

このままもう、時間は戻らないんじゃないか。もう、一陽《かずひ》は二度と目を開けないんじゃないか。頼む、どうかもう一度だけでもいいから、巻き戻してくれ。と、祈るように過ごした日々だった。

今度こそ一陽《かずひ》をあんな目に遭わせない、なんとしてでも守る。ずっとそう思ってきたのに守れなかった。恐怖と焦燥が重くのしかかる。安寧など訪れない。

しかし立ち止まっている時間はない。服を着替えるとすぐ一陽《かずひ》のもとに向かう。

ずっと病室の一陽《かずひ》の傍《そば》にいながら、何も考えていなかったわけじゃない。

今度は、これまでとは、やり方を変える。そう決めていた。

「一陽《かずひ》。聞いてほしいことがある」

一陽《かずひ》の部屋で。きょとんと俺を見つめる一陽《かずひ》に、俺は真剣に話す。

「そうちゃん？」

「今から俺が言うこと……信じられなくても当然だと思う。でも、頼む。信じてくれ」

俺は一陽《かずひ》に、今までのすべてを、打ち明けることにした。

これまでは、俺が一人で一陽《かずひ》を守ろうとして、でも、できなかったから。一人でどうにかするより、二人で力を合わせるべきなんじゃないか、それが正解に至る道なんじゃないかと考えたからだ。

今の俺は、三年前からタイムリープしてきたこと。そして、一陽《かずひ》にふりかかる悲劇を防いだめ、何度もループをしているということ。だけどずっと守れなかったのだということ。

普通なら、到底信じられない話だ。だけど、一陽《かずひ》は――

「そうちゃん」

ぎゅっと、俺の手を握りしめて。まっすぐに見つめてくれた。

「ありがとう、打ち明けてくれて」

「……信じて、くれるのか？」

「信じるよ、そうちゃんの言うことだし……それに、そんな顔されたら……信じないわけないよ」

そっと、俺の頬を掌《てのひら》で包んで。流れていないはずの涙を拭うように、一陽《かずひ》は優しく俺の目もとを撫《な》でる。

「ごめんね、今まで一人で苦しい思い、させて……。辛《つら》かったよね」

「……一陽《かずひ》……」

目の奥が熱くなる。涙を拭うようにされたのに、それによって泣きたくなってしまうなんて、本末転倒だ。

「違う。謝るのは、俺のほうだ。俺が不甲斐《ふがい》ないせいで……」

「そうちゃん、違うよ」

はっきりとした声で、確かな視線を向けて、一陽《かずひ》は俺に語る。

「今の私は、今までのループのこと、何も覚えていないけど……。そうちゃんが必死に私を守ろうとしてくれて、駄目だった後も、ずっと傍《そば》にいてくれたなら……そうちゃんが謝ることなんて何もないよ。

……それにね、それにね！　今度こそ、大丈夫だよ！　だって今、そうちゃんが危険を教えてくれたから。あとは、その危険から身を守るだけだよね。私、絶対絶対、気をつけるから！」

「……そのことなんだけど、一陽《かずひ》」

「うん？」

「どこか、二人で遠くへ行こう。逃げるんだ、なんの惨劇も起こらない場所まで」

俺は、ループ前に考えていたことを話す。こんな台詞《せりふ》、まるで駆け落ちのようだけど、けしてふざけているわけじゃない。

これまで、一陽《かずひ》を家の中に閉じ込めて守ろうとしても、うまくいかなかった。ならいっそ、二人でどこかへ行ってしまうおうと考えた。逃げるんだ。不可思議な魔の手が、追ってこない場所まで。

一陽《かずひ》は一瞬だけ目をぱちくりさせたが、すぐに頷《うなず》く。

「……うん。わかった。そうちゃんと一緒なら、どこでもいいよ」

そう決めてすぐ、俺達《おれたち》は荷物を準備して、家を出た。

遠くへ行く——といっても、まだ俺達《おれたち》は運転免許を持っていない。移動手段にはタクシーを使うことにした。電車だと、一陽《かずひ》が誰かに突き飛ばされたりして線路に落ち、轢《ひ》かれるという未来が容易に想像できてしまったからだ。そんなの冗談じゃない。だったら、なけなしの貯金を全部はたいてでも、安全な道をとる。金なんてどうでもいい。それで一陽《かずひ》の命が助かるのならいくらでも払う。

「一陽《かずひ》、大丈夫か。体でどこかおかしなところとかないか？　何かあったら、なんでもすぐ言ってくれ」

タクシーの車内、二人で、隣に座り、会話する。流れてゆく景色を楽しむ余裕などない。

これまでの悲劇は事故や他者からの暴力だったけれど、いつ病気だとか、突然の変死とか、あってもおかしくはないんじゃないかと思う。あまりにも理不尽で、呆気《あっけ》ない幕切れというものがあるということを、もう知ってしまったから。

「うん。大丈夫だよ。心配してくれてありがとう、そうちゃん」

笑顔で大丈夫だと言われても、少しも安心できない。

いつ何があるのかと気が気じゃない。周りにあるものすべてが、一陽《かずひ》を傷つける凶器に見えてしまう。

「……そうちゃん」

「なん……わっ！」

一陽《かずひ》はこちらに顔を近づけてくると、悪戯《いたずら》っぽくふっと、俺の耳に息を吹きかけた。

「一陽《かずひ》、おまえな……！」

「ふふ、ごめんね。でもそうちゃん、すごく険しい顔してたから……もう、そんな顔しなくてもいいんだよって」

ぎゅ、と手が握られる。小さく温かい掌《てのひら》に包まれて、自分の指先が冷えていたことに気づく。

「……大丈夫。大丈夫だよ。私は、もう自分のことも、そうちゃんのことも、辛《つら》い目に遭わせたりしない。どんなことが起きたって、乗り越えてみせる」

運転手に不審がられないよう、俺の耳もとでひそりと話す一陽《かずひ》。

「そうちゃん……大好き」

「……っ」

一陽《かずひ》に触れられている部分から、まるで俺を覆っていた氷が溶けてゆくように、体の強張《こわば》りが解けてゆく。

「いや……あのな。そういうの言われるの、『俺』は慣れてねえから、あんま……その」

「あ、そ……そうだよね。体はそうちゃんだけど、中身は、三年前のそうちゃんなんだよね……。ううん、どっちでも、そうちゃんはそうちゃんだけど……。でも、三年前だったら、そうちゃんは、まだ、私と付き合ってないんだよね……」

そうちゃんそうちゃん言われすぎてゲシュタルト崩壊を起こしそうだ。そんな場合じゃないのに、なんだか安心してしまう。……三年経《た》っても、一陽《かずひ》は一陽《かずひ》だ、と。そんな思いが、俺の光になってくれる。生命力を感じる強い光――あの、夏の日の青空のような。

俺は、強く、手を握り返す。

「……一陽《かずひ》。二人で、乗り越えような」

今まで、一人で抱え込んでしまったのが間違いだったんだ。お互いなんの隠しごともなく、こうして手を繋《つな》ぎ合えば。立ち向かえないことなんて何もない。そんなふうに思い、張り詰めていた心が解放される。

けして、焦燥が消失したわけでも、油断をするわけでもない。むしろ愛《いと》しさを再確認したからこそ、守りたいという気持ちは強まって。それでも、雪解け水が零《こぼ》れるように、目の奥が熱くなる。

このまま、二人で惨劇から逃げて。逃げて、逃げて、逃げて。拍子抜けなまでに何も起きなくて、辛《つら》いことも苦しいことも何もなくなって、「なんだ、たいしたことなかったね」って、二人で笑い合うことができたら……。

高音が耳を貫く。それが、希望の幕を下ろす音であり、急ブレーキの音であると気づくのは一瞬後のこと。

閉じた車の中。ここに青空はない。視界は赤く染まる。

◇

――青い空に、一本のリボンが舞っていた。

これは「今」でも「現実」でもない。「過去」であり、「現実に実際あったことだけれど、過ぎ去ったこと」だ。

どうして、今更こんなことを思い出しているんだろう。走馬灯《そうまとう》、なんだろうか。

違う。俺は死んでいない。俺達《おれたち》は結局タクシーに乗っていても事故に遭って、運転手も俺も怪我《けが》だけですんだのに。一陽《かずひ》だけが、また前回までと同じ状態になった。

だからこれは、単なる現実逃避の回想。今となっては、悪夢のように美しい思い出。

青空の中のリボン。羽根のように軽いそれは、夏風に揺られ宙を舞う。ひらり、ひらりと、空を泳ぐ金魚のように、どこまでも飛んでゆく。

小学三年生のとき――あの夏、俺と一陽《かずひ》は、面白がってそのリボンを追った。そのリボンが、まるで自分達《じぶんたち》を素敵な場所に連れていってくれる案内人のように思えて。馬鹿げているけれど、幼かった俺達《おれたち》は夢中になって追いかけた。

走り回り、辿《たど》り着《つ》いたのは、青空の下にひろがるひまわり畑。

今でも鮮明に蘇《よみがえ》る。蟬《せみ》の声。夏の匂い。肌を焼く強い日差し。ざっと風が抜ければ、無数のひまわり色と、白いワンピースが揺れる。

落ちてきたリボンを捕まえた俺は、あいつに呼びかける。

「……一陽《かずひ》。ちょっと、手ぇ出せ」

「手？」

小首を傾《かし》げながらも素直に手を出す一陽《かずひ》。俺はその手首に、リボンを巻いた。

「わあ、可愛《かわい》い！　ブレスレットみたいだね！　ありがとう、そうちゃん！」

喜ぶ一陽《かずひ》を見ながら、俺はぼんやりと、以前葉介《ようすけ》が言っていたことを思い出していた。この世界には「運命の赤い糸」ってものがあるんだということ。これは糸じゃなくてリボンだけど、とても綺麗《きれい》な赤だから、なんだかまるでそれみたいだ、と。

でも、だからといって指に結ぶのは恥ずかしかったし。それに当時はまだ、自分が一陽《かずひ》をどう思っているのか、自覚してもいなかったから。

そのときはただ、俺が結んだリボンで一陽《かずひ》が笑ってる、それで十分だった。

「えへへ。なんだか今、すっごく幸せ〜！」

麦わら帽子の下の笑顔は、曇りなく、頭上にひろがる空のように、晴れ渡った輝きがあって。

ただあいつの笑顔を見ているだけで、胸が熱くなった。

だけどすべて過去のこと。もう、遠い夏のことだ。

◇

目が覚める。俺はすぐに、枕もとのスマホで日付を確認する。

七月、二十九日。

今日も、また、巻き戻っていない。

鉛を飲み込んだような気持ちになりながらも、重い体を起こし、止《や》まない頭痛を無視し、一《かず》陽《ひ》のいる病院へ向かう。

……あれから。あの、タクシーでの事故の後も、何度も、ループしては、何度も一陽《かずひ》は悲劇を繰り返した。

一陽《かずひ》は、たとえどんな原因、どんな理由の悲劇だったとしても。不自然なくらい同じように、体は動かせないし、話せないし、目も開けられない状態になる。そしてそんな状態でも、意識だけはあるのだろう。

「一陽《かずひ》」

辿《たど》り着《つ》いた病室。呼びかける自分の声が震えているのがわかる。

「今日も、来たぞ。何もできなくて、退屈だよな。今日も何か、話すから」

こんなの、一陽《かずひ》の記憶の中で見た未来と何も変わらない。俺がここへ来て傍《そば》で話をしたって、一陽《かずひ》は何も救われない、むしろ苦しめてしまうだけなんだとはわかっている。

でも、じゃあどうしろっていうんだ？　一陽《かずひ》はずっとここで動けないのに、俺は来てはいけないっていうのか？

はっきり意識があると、これまでのすべてを覚えているのだと……思い出しているのだと、知ってしまっているのに——そう。

意識を失って、何も考えずにいること。そんな救いすら、一陽《かずひ》には与えられていないんだ。

「一陽《かずひ》。……おまえは今、何を考えてる？」

問いかけた後に、愚問だと自嘲する。知っているじゃないか。わかっているじゃないか。あいつの考えていることなんて想像できるし、そもそも記憶の中で見た。

だから。声が届かなくても、わかる。今、抜け出せない暗闇の中で、一陽《かずひ》が何を考えているか。


——そうちゃん。ごめんなさい、ごめんなさい。私、何もできなくて。私が悪いの。ねえ、もういいよ。もう、全部、終わりにしよう……。


壊れてしまいそうだ。

ループもの、なんて。ラノベやゲームではありがちなテーマ。ループものの主人公は、困難を乗り越えてかっこよくヒロインを救う。最後に待っているのは幸福だ。なぜなら多くのループもので、ループしたことを覚えているのは主人公だけで、ヒロインは何も覚えていないから。

それは、とびきりの救いなんだ。

一陽《かずひ》は、ループしてもそれで終わらない。同じ状態に陥るたび、凄惨な記憶を引き継ぎ続ける。

ただでさえ極限状態から来たあいつを、自分が一番辛《つら》いはずなのにそれでも未来から俺を幸せにするために来てくれたあいつを、俺はまた何度も地獄に叩《たた》きつけるのか。

救おうとしているのに、生かそうとしているはずなのに。何度もあいつを殺しているのは俺なんじゃないのか。そんなふうにすら思う。俺がループしなければ、一陽《かずひ》だってこんなに何度も惨劇に見舞われることなどないのだから。


——泣かないで、そうちゃん。大好き、だよ……。


「……俺も、好きだよ……」

自分の内にしかない、幻想の一陽《かずひ》の声に、言葉を返す。そうだ。

こんなにも、こんなにも、一陽《かずひ》のことが好きなのに。

幸せは確かにあって、俺はそれを摑《つか》めていたはずなのに。

何が間違っていた。

どこで間違えたんだ。

そもそも、あの声はなんだ。あいつの目的はなんだ。こんなふうにループさせて、一体何が望みだっていうんだ？　俺達《おれたち》が疲弊し、すり減ってゆくのを楽しんでいるとしか思えない。

そうしてふと、思い出す。あの声の言ったこと。俺じゃなく、一陽《かずひ》に向けた言葉。

——あなたはさっき、自分の命を捧《ささ》げていい、と誓った。それを忘れないでください——

そう。一陽《かずひ》は、あの声に、そう誓ってしまっている。

おそらく。いくら繰り返しても、何度でも一陽《かずひ》の身に理不尽すぎる惨劇がふりかかるのは、その誓いのせいなんじゃないのか。

なら、「抜け出す道」とは何を意味するんだ？

救いというものが、代償と引き換えにしかありえないものならば。

命と引き換えに、命が助かる、なんて。

そんな矛盾、成立するのだろうか。

◇

七月二十日。

七月二十日だ。

そう。

また、防げなかった。

違う。違うんだ。本当に助けたいと思っている。断じてやる気がないわけじゃない。今回こそ終わりにしたいと毎度願っているのに、どれだけ手段を尽くしても、万全を尽くしても、無駄だと嘲笑《あざわら》うかのように悲劇は立ち塞がり続ける。

どんよりと暗く曇った空の下。ふらふらと、俺は亡霊のように、一陽《かずひ》のいる病院へ向かう。

……その、道の途中で。

「……晴丘《はるおか》君」

後方から、声をかけられた。

振り返ればそこには、長い黒髪が特徴的な美人。

大学生になった、涼夜《すずや》蛍《ほたる》が立っていた。

「……涼夜《すずや》も、一陽《かずひ》の見舞いに行くところか」

「……そう……だけど……」

涼夜《すずや》はじっと俺を見て、苦しげに眉根を寄せる。

「晴丘《はるおか》君……あなた、大丈夫？」

「…………大丈夫だと思うのか？」

「……ごめんなさい。無神経だったわ……」

「……違う……」

ゆっくりと、俺は首を振る。

「謝ってほしいわけじゃない。俺は、俺の無能さに嫌気がさしてるんだから。俺が一番嫌なのは、嫌で嫌で仕方ないのは、俺自身だ」

「……事故は、晴丘《はるおか》君のせいじゃないわ」

「俺のせいみたいなもんだ。俺は、一陽《かずひ》を守れなかった」

握りしめた拳に血管が浮く。後悔してもし足りない。悔恨で体内が焦げつきそうだ。心臓から、指の末端まで、黒い靄《もや》が充満してゆくよう。

「ずっと……ずっと、守れなかったんだ……」

「やめて。……そんなことを、言わないで」

震える声。言葉通り、心の底から、そんな言葉は聞きたくないと言うように。

「晴丘《はるおか》君。私は……あなたと天ヶ瀬《あまがせ》さんは、とてもお似合いだと思っていた。あなた達《たち》の間に

は、誰にも入り込める隙なんてないって。……けど……けど……。そんなに辛《つら》そうなあなたを
……もう、見ていられない」
見ていられないと言いつつ、涼夜《すずや》は宝石のような両眼で、まっすぐに俺を見ている。
目を閉じたままの一陽《かずひ》は、もう、俺を見てくれることはない。
「どうかそんなふうに自分を責めてしまわないで。天ヶ瀬《あまがせ》さんの性格を思い出してよ……！
彼女なら、自分より、あなたが悲しむことが、何より辛《つら》いはずだわ。……だから、誰のせいで
もないことを、自分のせいにしてしまわないで」
そこで涼夜《すずや》は俺の手をとり、力強く握る。
指先さえ動かせない一陽《かずひ》は、どんなに手を握っていても、握り返してはくれない。
「医療は進歩するわ。天ヶ瀬《あまがせ》さんは、死んではいないのだもの。いつか目を覚ます。私はそう
信じる」
その言葉は、僅かながらも俺の目を覚まさせる響きがあった。
言われてみればその通りだ。一陽《かずひ》は「今は」目を開けないだけだ。でも生きている。医者か
ら回復する可能性は低いと言われてはいるが、それでもこの先もずっとこのまま起きないと決
まっているわけではない。涼夜《すずや》の言う通り、医療は進歩する。
……もしかして。「今」は、諦めるべきなのか？
「天ヶ瀬《あまがせ》さんは、やがて目を覚ます。──だから──……それまでで、いいから」

無理に運命に抗《あらが》おうとするから、歪《ゆが》んでしまうんじゃないのか。

「私を、あなたの傍《そば》にいさせて」

——運命を受け入れ、未来に委ねる。

それも、一つの道なんじゃないのか。

「天ヶ瀬《あまがせ》さんが目を覚ましたら、私のことはなかったことにしていいし、天ヶ瀬《あまがせ》さんにも何も伝えない。だから……それまでの間、あなたの隣にいさせて。辛《つら》いときは頼ってほしい。泣きたいときは胸を貸すわ。私にできることなら、なんでもする。だから、もう自分を責めないで。辛《つら》い顔をするななんて言わないわ。けど、このままじゃ、あなたのほうが心がもたない。……全部、一人で抱え込まないでよ……」

そうだ。涼夜《すずや》は、こんな俺にも優しく接してくれるんだ。

最初の一陽《かずひ》の記憶でもそうだった。一陽《かずひ》はそれで、俺と涼夜《すずや》をくっつけようとしたんだから。

「……ねえ、お願い。私、晴丘《はるおか》君の力になりたいの……」

潤んだ目で、涼夜《すずや》は俺を見つめる。

そこで一瞬、自分の中に浮かんでしまった考えに、壮絶な吐き気がする。

——なぜ、俺には一陽《かずひ》でなければならないのだろう、と。

一陽《かずひ》は幼馴染《おさななじみ》だ。昔から、家族同然に育った女の子だ。

けどそれは同時に、ただ家が隣同士だった、というだけのことでもある。

もし、隣に住んでいたのが、一陽《かずひ》じゃない別の女の子だったら。俺はその誰かを好きになるのだろうか。

意味のない、馬鹿げた仮定。だけどこのまま涼夜《すずや》を受け入れてしまえば、今は無理でも、遠い未来、いつかは幸せになれるんじゃないのか。代替。あるいは、上位互換。

嫌だ――やめろ。そんなこと考えたくない。

疲れているんだ。疲れすぎている。弱りきって、心が蝕《むしば》まれている。正常なときなら、こんな、一陽《かずひ》をないがしろにするようなこと、絶対考えないはずなのに。

解放されたいと、救われたいと思い始めている自分を、殴り飛ばしてやりたい。

だから俺は、そんな自分が許せなくて、涼夜《すずや》を拒む。

「やめてくれ。そんなこと、させるわけにいかない。……してくれなくていい」

「私が。私の意志で、そうしたいの。……辛《つら》そうなあなたを見ていられない。天ヶ瀬《あまがせ》さんがいなくなったことで空いた、あなたの心の穴を、埋められるなんて思わない。そこまで傲慢じゃない。あなたにとってどれだけ天ヶ瀬《あまがせ》さんが大切な存在だったか、痛いほどわかっているから。だけど、ほんの少しでも、支えになりたい。少なくとも、今の状態のあなたを、何もせず見ているだけなんて、できない……。だって、このままじゃあなた、本当にいつか壊れてしまう」

俺にそう言っておきながら、涼夜《すずや》の声だって、壊れてしまいそうに震えている。目には涙が溜《た》まっている。

俺だけが辛《つら》いんじゃない、涼夜《すずや》だって辛《つら》いんだ。

涼夜《すずや》は俺みたいに、惨劇を繰り返し目撃しているわけじゃない。だけど、たとえ一度目であろうと、地獄であることに変わりはない。

「……私は、天ヶ瀬《あまがせ》さんのことが好き」

そして彼女にとっても、簡単な決断ではないのだろう。

涼夜《すずや》と一陽《かずひ》は友達で、一陽《かずひ》があんな状態のときに俺にこんなことを言うのは、裏切りにも等しい行為だと。

わかったうえで、涼夜《すずや》は、俺にこう言うことを選んだ。

「だけど、私は、あなたのことも……。あなたの、ことが……」

涼夜《すずや》の言葉は、そこで、途切れた。

「……突然こんなことを言って、ごめんなさい。でも、今言ったこと……もしよかったら、少しでも、考えてほしいの……」

それだけ言って、涼夜《すずや》は、病院と反対の方向に去った。……こんなことを言った後では、一陽《かず》に合わせる顔がない、とでも思ったんだろうか。

暗い空からは、ぽつぽつと雨が降り出す。

今、ここに一陽《かずひ》はいない。だけど一陽《かずひ》の幻影が、俺に語りかける。

――そうちゃん、いいよ。涼夜《すずや》さんの、言う通りにして……。もともと、それが私の望みだったんだもの……。

そうして、とん、と。俺の胸を押して涼夜《すずや》のもとへ送り出してくれるあいつが、容易に想像できて。

「……あ」

緩やかだった雨が、激しさを増す。冷たい雨粒が地面を叩《たた》きつける。

「ああああああああああああああああああああああああ――――――――――っっっ‼」

なんの音だろうと思ったら自分の叫び声だった。でもそれ以外の音もする。俺の内側から、軋《きし》み、ぶち壊れていく音がする。

「なんなんだよ！　なんでそんなこと言うんだよ！　なんで、な、んで……っ、うあ――――――――ああああああああああああああああ」

叫びながら、コンクリートの地面を掻《か》きむしる。たちまち指先が赤く染まる。痛い。だからなんだ。一陽《かずひ》はもっと痛い。もっともっと痛い。こんなちっぽけな痛みの何十倍も何百倍もの痛みを、何度も何度も何度も何度も繰り返してる。

雨の中、絶叫しながらひたすらコンクリートを引っ掻く俺を、道行く人々は、哀れみか侮蔑の目で見ながら、そそくさと去ってゆく。

誰もわかってくれない。涼夜《すずや》や、一陽《かずひ》だってわかってない。わかってないんだ。あいつらはその優しさで、「もう頑張らなくていいんだよ」と言ってくれてしまう。

諦めるなと言ってほしいのに。そうしなければもう本当に折れて、投げ出してしまいそうなのに。一陽《かずひ》が「私を助けて」と言ってくれたら、あいつだって望んでいるんだから、と頑張れるのに。俺は、助けてくれなんて誰にも頼まれてない。結局一陽《かずひ》を救おうとするのは、俺一人のエゴなんだと。そして、救おうとしているのに地獄を味わわせているのだと、思い知らされる。

救いを望んでいないなら、せめて責めてくれ。恨んでくれ。こんな目に遭っているのはおまえのせいだと憎めばいい。おまえなんか地獄に堕《お》ちろと罵ればいいんだ。――俺なんかの幸せを、祈らないでくれ。

人を壊すのは優しさだ。罪悪感に押し潰されるとき、人間は内側から音を立てて砕ける。

「あああああああああ、クソがっ!!」

大体あいつ、なんであんなに何度も死ぬんだよ。いや死なないけど。でも、どんなに助けようとしたって、どんな方法をとったって、結果はいつも同じで。俺は、俺はいつだって必死にやってるのに。

代わりなんていくらでもいるはずだ。涼夜《すずや》のほうがずっといいだろう。あいつじゃなきゃいけない、なんてわけがない。——じゃあ、なんで俺はまだ諦めていない？

もう誰も、俺が頑張ることなんて望んでないのに。

「なんで……なんで、あいつなんだ。他にいるだろ。ちくしょう！　ちくしょうちくしょうちくしょう畜生畜生畜生畜生畜生畜生っ!!」

なんであいつなんだ、なんであいつが何度も凄惨な目に遭うんだ。もっとろくでもない悪党とか、世の中にはいっぱいいるだろ。苦しむのは、そういう奴《やつ》でもいいだろ。

なんであいつなんだ、なんで俺は、あいつじゃなきゃ駄目なんだ。いっそ他の奴《やつ》を好きになって、一陽《かずひ》にちゃんとさよならを告げられたらいいのに。

「あああああ……ざけんな……誰か、誰か、あ、あぁ……」

救いを求めるように天に手を伸ばすけれど、ただ雨が降っているだけで、そこに太陽はない。

指先から流れる血に雨粒が滲んで、赤色が滑り落ちてゆく。

「…………。……は……あ……」

叫ぶだけ叫んだら、息が切れてきた。

俺はそのまま、時間をかけて呼吸と、自分の心を整える。

「……は、は……。なん、つってな。……知ってるよ……誰もいねえ……こんなん、ただのストレス発散だよ、ばーか……」

ろくでもない奇行だったが、行き場のない想《おも》いを爆発させたおかげで、僅かにすっきりした。

……大丈夫だ。また立てる。まだ立てる。一陽《かずひ》はもう立てないけど、俺は立てる。

皆優しい。だからこそ、味方なんてない。それでも、俺は繰り返す。繰り返してしまう。

ふらつく足取りで歩く。一陽《かずひ》が俺を見ることはないのに、「こんなずぶ濡《ぬ》れな格好で行ったら、あいつ心配するかも」と途中のコンビニでタオルと着替えを買った自分が滑稽だった。

やがて辿《たど》り着《つ》いた病室で、俺はまた一陽《かずひ》の手を握る。

手放せたら楽なんだとはわかっている。それでもやっぱり、こうしてこいつの傍《そば》にいると、とても、愛《いと》しいと思う。たとえ今のこいつが壊れた人形のようであっても——構わない。

「一陽《かずひ》」

理屈じゃない。不条理でも不合理でも、想《おも》いが込み上げてくるんだ。

はてしなく苦しいのに、どうしようもなく愛《いと》しい。

「二度と、目を開かなくても。

二度と、一緒に歩けなくても。

名前を呼んでも、何も応えなくても。

それでも、おまえがいい。

おまえが、好きだ」

涼夜《すずや》が傍《そば》にいてくれると言っても。それでも俺はこの手を握っていたい。代替も、上位互換も成り立たない。一陽《かずひ》は一陽《かずひ》だ。上も、下も、代わりもない。

愚かだ。単なるエゴだ。綺麗《きれい》ごとで塗り固めて、一番酷《ひど》いことをしている。望まれてもいないのに救おうとするなんてひどい自己満足だ。諦めさえしてやれれば、一陽《かずひ》は楽になれるのになのに。

「生きて、そこにいてくれさえすれば、いい」

俺はもう、それでも。

どうして人は過去に囚《とら》われるのか。愚かだけど、でも当たり前じゃないのか。現在《いま》も未来も過去から成るものだ。俺の人生は――俺の存在は、こいつがいたから、あるものなんだ。こいつが隣にいない俺なんか俺じゃない。

だから、いいんだ。俺は、おまえがいい。

「……は、はは」

――だけど。

一陽《かずひ》は？

「はは……わかってるよ。幼馴染《おさななじみ》なめんな。おまえの考えてることなんてな、お見通しなんだよ。……はは、ははは……」

おまえ、本当はもう、死にたいだろ。

◇

七月七日、木曜日。

また、ループした。始まりの朝だ。

家の中にいても、どこへ逃げても、必ずなんらかの悲惨な出来事が起きる。逃げ場はない。

だから俺は、今回は結局、一陽《かずひ》と大学に来ていた。

「そうちゃん……大丈夫？　何があったの？　すごく、疲れた顔してるよ……」

度重なるループで憔悴《しょうすい》した俺を、一陽《かずひ》が心配している。大丈夫だ、と笑おうとしたけど、顔の筋肉がうまく言うことを聞いてくれない。

「おっはよ〜、蒼《そう》、一陽《かずひ》ちゃん！　……あれ、どしたの？　蒼《そう》なんかあった？」

講義がある教室に向かう途中、葉介《ようすけ》に声をかけられた。

「なんか元気ないじゃーん。何々、なんか悩みごと？　天才黒魔術師である僕が、魔法の力でぱぱっと解決してあげるよ！」

「……おまえ、本当相変わらずだな……」

「なんだよ〜、黒魔術の力を馬鹿にしてんの⁉　いいかい蒼《そう》、この世界にはねー、不思議な力ってもんがあるんだよ！」

以前なら、くだらないと一蹴していた言葉。

だけど、自分が正体不明の力でループを繰り返している今、もうそれを馬鹿にすることはできない。

「……あ」

「ん？　何々、蒼《そう》、どうかした？　黒魔術について、僕に聞きたいことがあるの？」

「いや、聞きたいことっつーか……」

ここまで俺は、一陽《かずひ》には何度か、このループについて全部打ち明けてみたことがある。

だが一陽《かずひ》以外の奴《やつ》には、現状を話したことはなかった。ループなんて、絶対信じてもらえないだろうから。

だけど、もしかして。

こいつなら、話せば信じてくれるんじゃないか？

もっとも、信じてもらえたからといって解決に結びつくとはかぎらない。だが、話したところで失うものもないのならば、試す価値はある。一人で抱え込むより、僅かであっても解決に繋《つな》がる何かがほしい。藁《わら》にでも縋《すが》りたいし、蜘蛛《くも》の糸だって摑《つか》みたい。

「……なあ、葉介《ようすけ》。たとえば」

「うん？」

「何度も続く、理不尽なループが起きていたとして……」

「えっ何々、蒼《そう》、ループ中なの⁉　僕、錬金術師の端くれとしてすごい興味あるんだけど！　その話、詳しく！」

「……おまえは黒魔術師なのか錬金術師なのかどっちなんだ……。と、ともかく。何度ループを繰り返しても、何度守っても、何度も大切な人が悲惨な目に遭う。……これは、どういうことなんだと思う？」

「え～そんなの決まってんじゃん！　悪魔だよ！　悪魔の力だよ～絶対！　ループから抜け出すには、原因の悪魔を倒しちゃえばいいんだよ！」

「…………」

「ってスルー⁉　ちょっと、いつもみたいに冷たくつっこんでよー！　僕の言葉に、容赦なく心を抉《えぐ》ることを言ってくるのが蒼《そう》じゃ～ん」

スルーしたわけじゃない。ただ、思考を巡らせていただけだ。あながち馬鹿にできない発言かもしれない、と。

俺はこれまで「一陽《かずひ》を守りきる」ということを最優先で動いてきた。「守る」ことが俺の目的だった。だから、何かを「倒す」と目標を設定したことはなかった。

だが、倒すべき「敵」は、どこに存在する？　一陽《かずひ》に襲いかかる惨劇は、事故だったり事件だったりと、そのときどきによってまったく変わる。

あの、謎の声の主を元凶と考えるべきなんだろうか。だとしても、どこにいる？　あの声の主は、この世に存在するものなのか？

……そもそも。仮にあの声の正体が悪魔なんだとして——そんなものが実在するのだとして。

なぜ、一陽《かずひ》が選ばれた？

言い方は悪いが、ある日突然事故に遭うなんて、珍しい話ではないはずだ。

世の中には、事故に遭う人間も、病気になる人間も無数にいる。

その中で、どうして、一陽《かずひ》なんだ？

今、ループをしているのは俺だ。だけど、そもそも最初にタイムリープをしたのは一陽《かずひ》のほうだった。一体何がきっかけでそんなことになった。悪魔の気まぐれだとでもいうのか——

「あっそうそう、元気がない蒼《そう》に、すごいもの見せたげるよ～！」

「……すごいもの？」

「そうそう！　じゃじゃーん、通販で買った、魔人が願いを聞いてくれるランプ！」

「……おまえは、本っ当に……」

がくりと肩を落とし、ため息を吐く。

「いいかげん懲りろよ。前にも、似たようなもん買ってただろうが」

「え～？　そうだっけ？」

「そうだっつーの。高一のときも、まったく同じように、通販で変なもん買ってた」

「え～、高一なんて昔の話、もう覚えてないし～」

「おまえなあ。あのときも悪魔が願いを叶《かな》えてくれる石だとか買ってて、でも結局、自分の部屋に置き場がないって、一陽《かずひ》に渡して――」

言いながら、一瞬呼吸を忘れかけた。

「…………っ」

答えは、閃光《せんこう》のように。

まだ一陽《かずひ》が、未来の一陽《かずひ》になる前の。あのときのやりとりがフラッシュバックする。


――おまえもなんとか言ってやれよ、一陽《かずひ》。んな無駄遣いする金があるなら参考書の一つでも買って、少しは脳の皺《しわ》を増やせってな。

――あ、あはは……。でも、願いを叶《かな》えてもらえる石なんて、ちょっと面白いよね。

――おっ、さっすが一陽《かずひ》ちゃん！　話がわかるぅ！　よっし、そうだ！　一陽《かずひ》ちゃんいつも優しいから、お礼にこの石あげるよ！


現状に、理由が、原因が、「最初のきっかけ」なんてものが、あるのだとすれば。

それは、あれだったんじゃないか？

同時に俺は、昔、俺が手首に巻いてやったリボンをずっととっておいていると言ったときの、一陽《かずひ》の言葉も思い出す。

——え〜。人から貰《もら》ったものを、捨てたりなんてしないもん。

律儀《りちぎ》にとっておく奴《やつ》なんだから。

……そうだ。

一陽《かずひ》は、どんなガラクタだって、誰かから貰《もら》ったものなら、律儀《りちぎ》にとっておく奴《やつ》なんだから。

「一陽《かずひ》！」

「ひゃっ、な、何？」

「おまえ、あのとき葉介《ようすけ》に貰《もら》った石。まだ持ってるんだろ……どっかにとってあるんだろ⁉」

「あ、う、うん。高一のときに貰《もら》った石だよね？　部屋の、引き出しの中に……」

「それだ……！」

俺は一陽《かずひ》の手を摑《つか》み、駆け出していた。

「って、蒼《そう》⁉　どこ行くのさ！　講義は⁉」

突然のことに驚いている葉介《ようすけ》を置いて、俺は一陽《かずひ》の手を引っ張ったまま、必死で足を動かす。

「わわ……どうしたの、そうちゃん」

「頼む、いいから来てくれ。急ぐぞ……！」

やっと僅かな希望を見つけられた。だけど微塵《みじん》も油断できない。この道中ですら、一陽《かずひ》に向かって車が突っ込んでくるんじゃないか、殺人鬼が襲いかかってくるんじゃないかと。

頼む、無事に一陽《かずひ》の家まで辿《たど》り着《つ》かせてくれ。そして今度こそ、今度こそ、この忌《い》まわしい惨劇から抜け出させてくれ。

「……ふふっ」

「……一陽《かずひ》？　何、笑ってんだ」

全力で走って、息を切らしながらも、気づけば一陽《かずひ》は笑っていた。

いや、笑ってるのはいいんだけど。泣いたり、泣くことさえできないでいるより、よっぽどいい。ただ不思議だった。どうして今笑うんだろう、と。

「あのね、高校生のときの朝を思い出したの。あの頃は、こうしてよく、そうちゃんに手を引っ張ってもらって走ったよね。なんだか、もう懐《なつ》かしい……」

「………」

一陽《かずひ》。今回は言ってないけど、俺は、今の俺の中身は、まだ高校生なんだよ。

だけど、確かに、もうあの頃が懐《なつ》かしい。

平凡で、だけど平穏だったあの日々をひどく遠く感じる。

――けど、今度こそ、取り戻してみせる。あの、なんでもない平和な日常を。

大学の最寄り駅から電車に乗り、決意と焦燥の中で列車に揺られる。

車内でも固く一陽《かずひ》の手を握ったまま、周囲を警戒し続けて電車に揺られること、数十分。天《あま》ケ瀬《がせ》家、一陽《かずひ》の部屋に着いた。

物入れの引き出し、その奥から、石を取り出す。ただのガラクタだと思っていた石。部屋の照明の光が当たると、妖しい黒に光る。

「一陽《かずひ》。工具箱あるか」

「あ、うん。お父さんがよく、日曜大工で使ってるの……とってくるっ」

一陽《かずひ》はぱたぱたと、工具箱を持って戻ってくる。俺はその中から素早く金槌《かなづち》を取り出すと、石を床に置き、思いきり振り下ろす。

「……っ！」

じん、と。躊躇《ためら》わずやったにもかかわらず、自分の手が痺《しび》れただけだ。石には傷一つつかない。

「だ、大丈夫、そうちゃん？」

いきなり俺が謎の石を壊そうとしている状況だ。わけがわからないだろうに、一陽《かずひ》は訝《いぶか》しむこともなく、はらはらと見守ってくれている。

「ちょっと離れてろ。破片とか飛んだら危ないから……ああでも、あんまり遠くには行くな！俺が……守れる範囲にいてくれ」

「う……うん。わかった……」

ガン、ガン……ガンガン、ガンガンと。金槌《かなづち》を振り下ろし石に当てるたび、じんと手が痛む。

それでもこの程度の痛み、一陽《かずひ》が今まで負ってきた痛みと比べたらなんでもない。

これまでの苦しみと憤《いきどお》りをすべて吐き出すかのように石に金槌《かなづち》を振り下ろす。ガン、ガンガンガン。硬質な音だけが室内に響き渡る。

本来、けしていい音などとは言えないもの。だけど俺にとっては、解放へのカウントダウンであり、救いの地へ至る階段を駆け上る音のように聞こえた。

何度となく繰り返しているうちに、少しずつ、少しずつ、石にヒビが入ってゆく。終わりが見えてきたことに感極まり、涙さえ滲《にじ》んでくる。だけど前を見るために俺はそれを腕で拭い、一陽《かずひ》に告げる。

「一陽《かずひ》」

「うん？」

「今まで、本当にごめん。……でも、今度こそ、終わりだ」

「……？　どうして謝るの？　それに、終わりって？」

「……いや、なんでもない。ただ……」

金槌《かなづち》を振り下ろす。振り下ろす。石に入ったヒビ割れが、深くなってゆく。

終わりの合図。祝福へと続く亀裂だ。吐き出す息が、興奮で熱くなる。

「……全部、終わったら。もう二度と、自分のことを、諦めないでほしい」

自分のことはどうなったっていい、死んだって構わない、なんて。もう思わないでくれ。

そうして俺は、「終わり」のために手を振る。既に無数のヒビが入った石に、金槌《かなづち》を振り下ろす。

　これが、最後のひと振り。

「……っ！」

　バキィイ……ン――と、響く破砕音。悲劇そのものを打ち砕く音だ。

　――やっ、た。

　とうとう、石を、破壊できた。

「あ……あああ！　や、やった……！　これで……これでぇ……っ！」

「そうちゃん……？」

「やったぞ、一陽《かずひ》！　俺達《おれたち》は、俺達《おれたち》は……これで……！」

　解放されたんだ。繰り返されるすべての苦しみから。あまりにも嬉《うれ》しくて、泣いてしまいそうで、抱きしめたくて。俺は一陽《かずひ》に駆け寄る。

　そうして次の瞬間、一陽《かずひ》が倒れた。その背中にはナイフが突き立てられ、背後には見知らぬ男が立っている。

　――ああ、またか、と。わかってしまった。今回は事故じゃなくて強盗殺人のパターンか、と、どこか冷めた頭で判断している自分がいた。

　地獄は終わらない。

◇

俺は病室にいる。

一陽《かずひ》はまたベッドに横たわって動かない。

世界中の悲劇を網羅していくように、死因をコンプリートしてゆくゲームのように、ありとあらゆる方法で一陽《かずひ》は蹂躙《じゅうりん》される。

あの石が、このループの元凶なんだと思った。でも、あの石を壊したって、何も変わりはしなかった。

何が正解なのか。

何が不正解なのか。

もう、わからない。

なにも、わからない。

「……晴丘《はるおか》君」

「……涼夜《すずや》……」

疲弊しきった俺を前に、入室してきた彼女は何も言わなかった。今、言葉なんてなんの慰めにもならないと悟ったのかもしれない。

涼夜《すずや》は黙ったまま、そっと俺の髪を撫《な》でた。子どもを守る、優しい母のように。

「……私が、ついているわ」

「…………」

どうあっても一陽《かずひ》の傍《そば》にいたい。その気持ちに偽りはなく、今も変わりはない。

俺は一陽《かずひ》が好きだ。それは揺ぎなく本心だ。本心、だからこそ。――もう。

いいかげん、楽に、してあげたい。

「……一、陽。俺、は……」

口にした言葉は続かない。何も言えないまま時間だけが流れ、気づけば、いつの間にか涼夜《すずや》の姿はなかった。俺はパイプ椅子から立ち上がれずにいる。

故障したように、頭が働かないし。

もう、前を向くことさえ、できない。

そんな、俺の頭の中に。

『さあ、選択の時間です』

容赦なく。あの声は、侵入してくる。

『最愛の人を巻き込んだまま、この地獄を続けますか。それとも、諦めて別の道を歩みますか？』

まさか。

最初から、運命に抗《あらが》いあがくことは、無駄でしかないのだと。諦めることこそが、唯一のループから抜け出せる道なのだと。

こいつは、それを突きつける、そのためだけに、こんな……？

『これが、最後です。だから、特別に』

俺の思考を塗り潰してゆくように、声は響く。

『――今までのすべての記憶を持った彼女と、直接、会話させてあげましょう』

刹那。

視界が、弾《はじ》けた。


あまりにも青い空だった。

言葉の一つもいらず夏というものを脳に教えるような、光満ちた濃い青。

信じられないほど美しいから、これから俺達《おれたち》が交わすのだろうやりとりとは、あまりに不似合いだ。晴れやかな気分になどなれないから。

場所は、高校の屋上。以前、涼夜《すずや》も一緒に、三人で昼食をとった場所。

世界に二人きりであるかのように、他に、人は誰もいなくて。

眩《まぶ》しいほどの青空の下に、あいつが立っている。

強い日差しは、あいつの足もとに、濃い影を落とす。

これまでのループの中で、俺は、何度も元気なあいつを失っては、また最初に戻っていた。

だけどあの声の言っていたことが本当なら、今回は、今までと違う。

それを、認めるのが怖くて。あいつのほうへと、踏み出す足は微《かす》かに震えた。

「……そう、ちゃん」

目の前の一陽《かずひ》が俺を呼ぶ。その声を聞いただけで、わかってしまう。

あの声の言ったことは本当だ。

今俺の前にいる、希望の色を持たない彼女は。

これまでの、すべての地獄の記憶を、保有している。

「……かず……」

一陽《かずひ》、と呼びかけた声が途中で止まる。

なんて、声をかけられる。

守ると言っておきながら、何度も地獄に突き落としておいて。

「そうちゃん……これで、もう、終わりだよ」

終わりを告げる笑顔は淡く、ラムネの中の気泡のように、夏空に溶けて消えてしまいそうだ。

「……今まで、ありがとう……」

これが、正真正銘の最後。

一陽《かずひ》には「これから」も「この先」もない。

それでも。

それでも、一陽《かずひ》は、笑っている。

「……なんで……」

一番辛《つら》いのは一陽《かずひ》なのに。

なんで、こんな状況になってまで、おまえはそんなふうに笑って、人のことばかり！

「ありがとうってなんだ。礼を言われるようなことなんて何もできてない。おまえは、俺を責めていいんだ。おまえ、平気なのか、平気なわけないだろ。何度も何度もあんな――あんな目に遭って！」

「平気って言ったら、それは嘘《うそ》になる。そうちゃんはずっと、私を助けようとしてくれた。すごく辛《つら》い思いをさせちゃったはずなのに、ずっと……私の手を、握っていてくれた。必死に私を、この世界に繋《つな》ぎとめようとしてくれた。責めるどころか、感謝してるんだ。けどね……」

俺を励まし、背中を押すように――別の道を、歩ませようとするように。一陽《かずひ》は微笑《ほほえ》む。

だけどその瞳は、耐えている痛みを映す水面のように潤んでいる。

こいつが高一のときにタイムリープしてきた、あの朝のような。

「そうちゃんが、これ以上傷つくのは、もう見たくない。見たくないよ……」

受け入れたくない言葉なのに。

その気持ちが、あまりにも「わかりすぎる」から、言葉が塞がれた。

俺達《おれたち》の気持ちは一つ。お互い、これ以上ループして、相手に傷ついてほしくないと願っている。

これ以上のループは、無駄に足踏みをするだけだ。繰り返すほどに傷を負って、未来に踏み出せなくなる。

どこかで断ち切らないといけない。終わらせないといけない。

「だから、そうちゃん。これは私からの……最後のお願い」

でも、聞きたくない。

「そうちゃん。私のことは忘れて、涼夜《すずや》さんと『この先』を歩んでください。そうちゃんは、そうちゃんの未来を手に入れてください」

「やめろ！　そんなこと言うな！　そんな、ふうに、笑うな……！」

喉が焼けそうなほど叫ぶのに、出てくる声は力ない。

「ガキの頃から一緒だったんだぞ。人生の半分以上、おまえと一緒だったんだぞ。俺の半分以上が──違う。俺の全部が、おまえなんだ。忘れられるはずあるか！

俺は、おまえが笑ってるのが好きだ。ずっと笑っててほしかった。でも違う。そんな顔してほしかったわけじゃない……！」

「……そうちゃん」

一陽《かずひ》の手が、俺の頬に触れる。どこまでも優しく、包み込むように。

「私が笑うのも、笑おうとするのも、全部、そうちゃんだから。……そうちゃんがずっと、私の傍《そば》にいてくれたから」

潤んだ瞳が眼前で揺れる。ああこれで本当に消えてしまうのだと、痛いほどわかるくらい綺《き》麗《れい》だから、目を逸《そ》らしてしまいたくて、永遠に見続けていたい。

「ずっとずっと、そうちゃんのことが好きだった。

私は今まで、そうちゃんに、たくさん、たくさんの幸せをもらったんだよ。

そうちゃんが私の隣にいてくれたこと。ちょっと意地悪に笑ってくれたこと。手を引っ張って走ってくれたこと。乱暴だけど優しく頭を撫《な》でてくれたこと。困ったことがあったら、傍《そば》で支えてくれたこと。……全部が、私の幸せだった。

たとえどんな結末だって、ここまでそうちゃんにもらった、たくさんの幸せがあること……たくさんの思い出。それは少しも変わらないよ。

だから、もういい。

もう十分、私は、たくさんのものをもらったの。

だから、そうちゃん、幸せになって。私のぶんまで……ううん。

私の幸せのために、涼夜《すずや》さんと、幸せになってください」

言い直したのは、俺の背中を押すためだ。そう言えば、俺はもう頷《うなず》くしかないと。

「……私は、そうちゃんのことが、大好きでした」

これ以上に俺を優しく包み込んでくれる言葉は、他にない。

だけどこれは、過去形の言葉だ。昔言われたのとは違う、「今」も「未来」もない言葉。心が砕けそうになる。

これ以上、見つかりもしない救済の道を探し続けるのは、一陽《かずひ》の意志を無視した自己満足でしかない。

ここで、すっぱりと諦める。

俺は、俺の歩める、別の幸せな道を探す。

それが、一陽《かずひ》も望んでいることだ。

一陽《かずひ》は——もう、死んでしまうのかもしれない。

だけどそれは、解放とも言える。今までの、永遠に続く地獄のような苦しみから、やっと解き放たれる。

そして一陽《かずひ》の死と引き換えに、俺は涼夜《すずや》との未来を手に入れる。

だからきっと、それが、この絶望から抜け出せる唯一の道。

もう、他に選べる道なんてない。

あの声が、「悪魔」だというなら。

希望を持たせておいて結局絶望させる。救いなんてないんだと。そんな無情を突きつけたかった。それだけのことなんだろう。

頰に触れていた手を離し、一陽《かずひ》は俺から距離をとる。

そのまま後ろ向きに数歩、歩いて、そっと、屋上のフェンスに背をつけた。

どんな過程を辿《たど》ろうと、どうせ結末は同じ。これまで、ずっとそうだった。

ならばせめて、終わりの時を自分で決めるように。


「さよなら、そうちゃん」


別れが告げられた、その瞬間。

不自然なほど自然に、一陽《かずひ》が背を預けていたフェンスが、外れる。

「──一陽《かずひ》!」

スローモーションのように後ろに、青空の中に倒れてゆく一陽《かずひ》に、俺は、全力で駆け寄り、その手を摑《つか》んだ。

右手で一陽《かずひ》を、左手で外れていないフェンスの足を摑《つか》む。一陽《かずひ》なんて細っこいのに、俺の腕の筋は重力と、運命に耐えられず千切れてしまいそうだ。それでも、必死に引き上げようとするのに。

「ふふ。……駄目……だよ……」

一陽《かずひ》はもう、ここから這《は》い上《あ》がることなど、考えてもいないようだった。

俺は一陽《かずひ》の手を握っている。けれど一陽《かずひ》は、このままじゃ自分が落ちてしまうにもかかわらず、俺の手を、握り返さない。もう一方の手も、力なくだらりと下がっている。

「言ったでしょ。もう、終わりなんだよ。そうちゃんは、私を手放して、涼夜《すずや》さんの手をとるんだ。そうすれば、そこには未来があるから」

自分を繋《つな》ぎとめるものから、優しく指を振りほどこうとする言葉。

そうだ。もう、一陽《かずひ》の言っていること以外に道はない。

いつまでも執着し続けて二人で地獄を繰り返すより、ここですっぱりと、この手を放すことができれば、少なくとも、一陽《かずひ》が今以上に苦しむことはないだろう。

手を、放すんだ。

この、手を——

「……っ！」

「そう、ちゃん……？」

そこで、ふと。

目に入ったのは。——入って、しまったの、は。

夏風に揺れる、一陽《かずひ》の白い手首を飾る、リボン。

今まで、これが最後の会話なんだと思ったら、言葉を交わすことに、一陽《かずひ》をこの世界に繋《つな》ぎとめることに必死すぎて気づかなかったけれど。これは、まぎれもなく。

幼い日、俺が一陽《かずひ》に、ブレスレットのようにして結んだもの。運命の赤い色。

もう、本当に昔のことなのに。馬鹿じゃないのか。俺が巻いたからといって、いつまでもそんなものを、ずっと大事にして。

だけど、それが一陽《かずひ》だ。いつでも笑顔で、人の幸せを願って、どんな小さなことだって大事にして、ちょっと抜けてて馬鹿で、どこまでも、優しい。

俺の、世界で一番大切な女の子だ。

「さあ……手を……放して……」

そんな女の子に、そう、懇願されて。

俺は、この手を。

「……、…………嫌、だ」

更に、強く、握りしめた。

「そ、れ、でも、俺は嫌だ……‼」

繋《つな》ぎとめている腕に激痛が走る。本気で腕が千切れてしまいそうだ。

だけどもう、そんなことどうでもいい。腕の一本や二本、悪魔にでもなんでもくれてやる。

「俺は嫌だ、こんな結末！　おまえに、いてほしい。生きていてほしい、笑っていてほしい、ずっとずっと、傍《そば》にいてほしい！」

なんの装飾も裏も、躊躇《ためら》いも恥じらいもない。身勝手で、愚直で、我儘《わがまま》で、稚拙な、ただの本音をぶちまける。

「おまえがいなきゃ、俺は、幸せになんかなれないんだ。おまえがいないのに笑って生きていけるはずない。

辛《つら》い思いをさせてるのは痛いほどわかってる。守れもしない分際でそれでも終わりが嫌だなんて俺は最低だ。最悪だ。傲慢でエゴに塗れた人間の屑《くず》だ。それでも——それでも諦めたくない！　諦めたくない、諦めたくない諦めたくない諦めたくない諦めたくない！」

いつかの涼夜《すずや》の言葉が頭を過る。大切な人を亡《な》くしても、別の誰かと結ばれて幸せになったら、それはハッピーエンドなんじゃないのかと。

ああ。それも確かに一つのハッピーエンドなんだろうよ。

もし本当にここで終わっても、「ここまでよくやった、辛《つら》いのに頑張った。十分だ、もういいよ」と誰かが言ってくれるのかもしれない。そうしてその後俺が強く生きてゆけば、辛《つら》い出来事を乗り越えて未来を迎えました、と悲しくも美しい結末となるのかもしれない。

けどな。俺にとってこれは現実なんだ。物語なんかじゃない。

たとえ百人に「もういい、今はこれが最善だ」と言われたとしても。ここにいるたった一人の俺が、その結末を受け入れない。

「俺が欲しいのは、あらゆる悲劇を、絶対の惨劇を完膚なきまでにぶっ潰した、完全勝利の超超超絶ハッピーエンドなんだよ‼　ただのハッピーエンドなんかで満足してやるもんか‼　誰がいいって言ってくれても、おまえがいいって受け入れても、俺は、俺が、こんな結末じゃ、嫌なんだっ!!

いいか一陽《かずひ》、よく聞けよ。おまえがここで死んだら、俺はぜってー、この先の未来、幸せになんかなってやらねえからな！　どんな女に言い寄られたとしても断って、一生独り身貫いて、ずーっとおまえのことが忘れられないまま、おまえのことだけを想《おも》いながら、一人寂しく泣き暮らして、暗くて狭い部屋の中で一人ぼっちで、おまえの名前呼びながら死んでやるんだからな！『幸せになって』なんて言葉を残せば、清々《すがすが》しい気持ちで逝《い》けるなんて思ってんじゃねえぞ！」

なんてろくでもない、みっともない言葉だろう。自分だけの感情に振り回された我儘《わがまま》、タチの悪い脅迫だ。駄々をこねる子どものようなもの。だけど。

「……大好きな奴《やつ》を亡《な》くして、置いていかれて、それでも生きなきゃならねえ人間の身にもなりやがれ!!」

俺の言葉がろくでもないのと同じくらい——「私のことは忘れて幸せになって」なんて。綺《き》麗《れい》ごとの皮をかぶった、残酷な言葉じゃないか。

「っつーか……おまえが死ぬなら、俺だって生きててもしょーがねえし……。いっそ一緒に、とかも考えちまうけど……っ、……でも、でもなあ……っ！」

俺達《おれたち》は確かに、解放されることを願っている。

だけど、死にたい、じゃない。幸せになりたい、んだ。笑えるようになりたいんだ。俺は一《かず》陽《ひ》と一緒に、呑気《のんき》に平和に笑っていたい。そうだ、たったそれだけの簡単なことじゃねえか。苦しくても生きる、じゃない。辛《つら》くても前向きに生きる、なんて綺麗《きれい》ごと、知ったことか。馬鹿みてえに、楽に幸せに笑って生きられりゃ、それが一番に決まってんじゃねーか!!

「一陽《かずひ》。俺は、おまえが好きだ！　すっげー好きだ！　めちゃくちゃ好きだ!!　おまえは俺にとって、世界で一番大事な奴《やつ》だ！　……だから！」

いつかの、あいつの言葉を。そのまま、お返ししてやる。

「世界で一番幸せになんなきゃ、駄目なんだよ」

負荷のかかっている腕は軋《きし》むけれど、繋《つな》いだ手の温度から、平和だった日々の記憶が蘇《よみがえ》る。

一陽《かずひ》の手を引いて、高校まで走った、馬鹿みたいに楽しかった日々。……そう。

この手を引くのは、俺の、役目だ。

「…………」

俺の言葉に、一陽《かずひ》は呆気《あっけ》にとられたように、目を見開き。

――その瞳に。

光が、宿る。

「……駄目、か」

「ああ。駄目だ」

一陽《かずひ》は、しばらく無言でいた。何かを考えているように。自分自身に、選択を与えているように。

やがてその唇が、ゆっくりと開く。

「……ごめん、ね」

その言葉に、目の前が真っ暗になりかける。

やっぱり一陽《かずひ》はもう限界なのか。無理もない。むしろ当然。結局こんなのは俺の我儘《わがまま》でしかないんだ、と。だけど——

「……私。もうずっと、諦め、てて。……強がりを、言ってたの」

その「ごめん」は、俺の言葉に対する謝罪ではなかった。

「……へへ。馬鹿だよね。私。ずっとずっと、無理、してたの。……本当はね、私も、そうちゃんと一緒にいられないのは、すっごく嫌なの。私以外の女の子がそうちゃんの隣にいるのは、嫌なの。そうちゃんの一番近くには、私が、いたい、の……！」

言葉の途中で、一陽《かずひ》の目から、ぼろぼろと大粒の涙が零《こぼ》れて。それはダイヤモンドみたいに、夏の中で光り輝く。

「お願い、そうちゃん。これが私の、嘘《うそ》じゃない、無理してない、本当のお願い」

涙に洗われたように、淀《よど》みない声で、一陽《かずひ》は告げる。

「たとえ何度失敗しても。何度私が壊れても。

それでも、何度でも、私を迎えにきてほしい。

私も、頑張るから……だから、別の人を選ばないで、私のために繰り返して。

──私を、助けて！」

力強く、光に満《み》ち溢《あふ》れ、俺の心を照らして希望をくれる、今の俺にとって何より嬉《うれ》しい、残酷な覚悟。

「……本当に、そう、望んでくれるのか」

諦めるより辛《つら》い決断を迫っているのだとは、わかっている。ループするたび酷《ひど》い目に遭うのは、全部一陽《かずひ》なのに。

「うん」

それでも、即答の声はあまりにも清々《すがすが》しくて。

「それでいいんじゃない。それが、いいの。……そうちゃん、私は、きっとそうちゃんが思ってるより、ずっと我儘《わがまま》で傲慢だよ。自分が何度地獄に堕《お》ちるよりも、そうちゃんと一緒にいられないことのほうが、私には嫌。

そうちゃんが他の女の子と幸せになるのと、私のために苦しみ続けるの、どっちがいいかなんて、わからない。……っていうか、本当は、どっちも嫌なの。選べるはずなんてない……！

でも、そんなこと言ったら、そうちゃんに嫌われちゃうかもしれないし……っ、幸せになってほしいって気持ちも、けして、全然、嘘《うそ》じゃないから。私だけが苦しむならいいけど、そうちゃんにまで苦しい思いをさせるのは、本当に、すっごく嫌だから……っ。だから、綺麗《きれい》にお別れしたほうがいいのかと思って……我慢して、あんなこと言ったけど。

でも。……でも！　本当に本当のことを言っていいんだったら！　自分に素直に、我儘《わがまま》を言っていいんだったら……！

私はそうちゃんを、他の子にとられたくない。他の誰にも、渡したくない！　そうちゃんは私のものだ！」

「……一陽《かずひ》」

互いに、酷なことを言っているとわかっている。俺は一陽《かずひ》にまた地獄に堕《お》ちることを、一陽《かずひ》は俺に疲弊し続ける時間を繰り返すことを押しつけている。

救いようがない。他者からみたら、なんて愚かだと思われるんだろう。

だけど、これが俺達《おれたち》だけに選べる、俺達《おれたち》の最善。

「お願い、そうちゃん。私はそうちゃんに幸せになってほしい。……私が、そうちゃんを幸せにする！　だから」

ぎゅ、と。

これまでずっと握っていて、けれどけして握り返されることのなかった手が。

今、確かな熱と、力をもって、握り返される。

「だから、何度でも、私を助けて——」

俺一人を救おうとする手ではなく、二人で地獄を歩もうと誘いかける手。なんて、愛おしい手だろう。

「ああ。約束する」

肩が外れそうになるけれど、ぐっと力を入れ、一陽《かずひ》を引き上げようとする。

「！」

しかし、救済など許さないと、声もなく告げられるように。もう片方の手で摑《つか》んでいたフェンスが、ガシャンと音を立てて外れかける。

「そうちゃん……！」

「大丈夫だ」

全然大丈夫ではないのに、さも大丈夫であるかのように笑う。そうして、一陽《かずひ》の気を逸《そ》らすように、話し続ける。

「なあ、一陽《かずひ》。全部終わったら、おまえの好きなこと、なんでもしような。行きたい場所でも、食べたいものでも、なんでもいいぞ」

「本当？　嬉《うれ》しい！　……そうだ。子どもの頃行ったあのひまわり畑、また、二人で行きたいね」

もう絶望しかない夏空の下で、それでも俺達《おれたち》は、大丈夫じゃないからこそ、大丈夫であるように振る舞って、笑う。いっそ悲劇ではなく、喜劇のように。

「いいな。すっげえ、綺麗《きれい》だったもんな」

「うん。……私達《わたしたち》、二人でいろんなところに行って、いろんなことしたよね」

「昔から、ずっと一緒だったからな。祭り行ったり、プール行ったり、家族ぐるみで遊園地とか……どこに行くにも、一緒だったな」

「ふふ。遊園地、二人きりでも行ったよ？　観覧車から夜の景色を眺めたの。私が隣に座ってくっついたら、そうちゃん、そっと肩を引き寄せてくれて。すっごく、ドキドキしたなあ……」

「そ、そんなこともしたのかよっ」

「へへ……しちゃった。そうちゃんと、だよ？」

「わかってるよ。……おまえは、俺の知らない三年後の未来まで、知ってるんだもんな」

一陽《かずひ》の記憶で見た、甘々バカップルと化した俺達《おれたち》。砂糖を吐きそうなほどに甘かったけど、あのくらい甘くて幸せで、馬鹿なやりとりがちょうどいい。

「俺は、おまえの知ってる先——もっともっと先の未来も、おまえといたい」

「……うん。私も」

ガシャン、と。

外れかけていたフェンスが、俺達《おれたち》二人分の重さに耐えかねて、とうとう完全に外れる。俺達《おれたち》は手を繋《つな》いだまま、二人で落下してゆく。

落ちてゆく中、俺は一陽《かずひ》を抱きしめる。

今までは、一緒にいても、不自然なほどに俺は無事で、一陽《かずひ》だけが動けなくなった。

だけど今回は、さすがにこれでは、俺もどうなるのかわからない。一陽《かずひ》と一緒に俺が死んだら、ループするのだろうか。それとも、もうこれが最後で、このまま二人で死ぬしかないのだろうか。

それでも。

この手を、放しはしない。

「一陽《かずひ》」

にっと、笑ってみせる。つられたように、一陽《かずひ》も笑う。

馬鹿げたことに、この絶望しかない状況の中だっていうのに、俺達《おれたち》二人とも、その笑顔は強がりでもなんでもなくて。ただ、こうして二人で抱き合って、笑っていられることが、幸せで仕方がないと思えてしまって、そんな自分達《じぶんたち》の馬鹿さかげんにまた笑えた。

笑ったまま、もうすぐ俺達《おれたち》は、二人で地面に直撃する。

救いはない。だけど、心は清々《すがすが》しく晴れやかだ。度重なるループで、俺達《おれたち》はおかしくなってしまったんじゃないかと思うほど。走馬灯《そうまとう》みたいに「本当にこれでよかったのか」なんて思いが過らないわけでもないけど、「まあでも二人一緒なら何があろうと無敵だし」みたいな、やっぱり馬鹿な俺がどこかにいて。

俺は一陽《かずひ》を諦めないし、一陽《かずひ》も俺を諦めない。「二人」でいることを諦めない。

それでいい。

それだけだ。

――刹那。

「！」

パキィィイン――……と。

薄く巨大な硝子《がらす》が砕け散るような、繊細な破砕音。

残酷な世界が壊れる音だ、と、直感でわかった。

周囲の景色がぼやけ霞《かす》む。激突しそうだった地面すら消失する。何もかもが光の粒子となり、煌《きら》めきながら弾《はじ》け、蛍火《ほたる》のように美しく立ち上る。

それらは仄《ほの》かに色づいており、淡い色彩が周囲を満たしてゆく。

夕陽《ゆうひ》のように染まる朱。水底のように揺れる青。紫陽花《あじさい》のように滲《にじ》む紫。羽根のように舞う純白。虹のような透明に煌《きら》めく世界。

それはまるで祝福のように。

『おめでとう』

ように、ではなく。実際に祝福の声が、頭に響いた。

その、声。

ずっと頭の中に響いていたはずなのに、泡のように、すぐに声色が消え、誰のものだかわからなかった声。今、やっと色づく。正体を理解する。その、声の主は――

『あなた達《たち》が抜け出してくれて、私も嬉《うれ》しい……晴丘《はるおか》君、天ヶ瀬《あまがせ》さん』

彼女の記憶・2

周りの人達《ひとたち》と私の間には、壁がある。私は、この世界に一人ぼっちの存在だ。

——なぜなら。そもそも私は、「この世界」の者ではないから。

私、涼夜《すずや》蛍《ほたる》は、異世界から来た魔法使いだ。

私は異世界で、若くして命を落とした。哀れに思った神様が、私をこの世界に転生させてくれた。その際おまけとして、異世界で持っていた魔力を、そのまま保持した状態にしてくれた。

運がいい、といえばそうなのかもしれないけれど。でも、正直困惑した。私が本来生きていたのは、ここではない別の世界なのだから。

私はこの世界の存在じゃない、異質な存在なんだ、という思いは、幼い頃から私を苦しめて。

「自分はこの世界に一人ぼっち」という孤独を抱いていた。

——そんな、ある夏。

夏休みだけれど、一緒に遊ぶ友達もおらず、とぼとぼと一人虚《むな》しく散歩をしていると。強い風が吹いて、髪を結んでいたリボンが飛ばされて。

追いかけて行った先で、とある二人を見つけた。

「おい、見ろよ一陽《かずひ》。なんか飛んでる」

「わあ、本当だ！　あれ、リボンだよ！　綺麗《きれい》だね〜！」

私と同い年くらいの、男の子と女の子。

「ねえねえ、追いかけてみようよ、そうちゃん！」

「おいコラ、はしゃいで走ってると転ぶっての」

……なんだか、とても仲がよさそうで、笑顔が眩《まぶ》しくて。

一人ぼっちの私には、その二人はあまりにもキラキラと輝いて見えて——目が、離せなくなってしまった。

もっと、この二人を見ていたい。二人が笑っているのを眺めていたい。

そう思い、魔法で気配を消し、風でリボンを操って。リボンが地面に落ちないようにして、それを追いかける二人の様子を眺めていた。

「すごいね、そうちゃん！　あのリボン、ぜーんぜん落ちてこないよー」

「ってか、いつまでもリボン追いかけてていいのか？　魔法使いを探すんじゃなかったのかよ」

魔法使い。その言葉に、ドクンと心臓が跳ねる。

——まさか。私のことを、探しているの？

名乗り出たら、お友達になれるかしら……。一瞬、そんなことを考えてしまったけれど。魔法なんてものがありえないこの世界で、自分が魔法使いだと明かすことの危険性はわかっていた。だから、ぐっと拳を握りしめ、彼らの前に出ていきたくなる衝動を抑えて。

——ただ、魔法でリボンを操り続け、彼らをもっと笑顔にできるような場所まで、案内した。

生命力の強い、鮮やかな黄色に埋め尽くされた、ひまわり畑。私も大好きな場所。

辿《たど》り着《つ》くと、二人は想像通り……いいえ。想像以上に、太陽みたいな顔で笑ってくれて。目を奪われ、いつまでも見ていたいと思うほどだった。

私は、二人を見守っていただけ。そのときは、声をかけることさえ、できなかったけれど。

……もし。もしも、どこかでまた会うことがあったのなら。

そのときは、どうか——あの二人と、お友達になりたい。

そんなことを、思ったりしていた。


そうして、再会の日はやってきた。

なんと、私が入学した高校に、その二人はいたのだ。

といっても、最初は気づかなかった。クラスが別だったし、もう思い出の中の顔も朧《おぼろ》げだったから。何せ、何年も前に一度見かけただけだったしね。

気づいたきっかけは、学校中が真っ白な煙だらけになった日のこと。

　犯人は、別のクラスの草間君という人だった。

「これは最強の精霊を呼び出すために必要なことなんすよ！　この精霊を呼び出せれば、世界征服だって夢じゃなくてですね！」

　先生に捕まり、廊下でお説教を受けていた草間君。しかし彼はめげることなく、むしろ目を輝かせ熱弁していた。

　その反省のなさに、先生は深いため息を吐き、草間君に質問する。

「おまえ……世の中に何か不満でもあるのか？　それとも、こうして騒ぎを起こすことが楽しいのか？」

「ええっ⁉　僕はオカルトが大好きなだけっすよ！　これはあくまで儀式の一環であって……別に、人に迷惑をかけたいわけじゃ……」

　そんな、先生と草間君の会話の中に。

「先生、存分に叱ってやっていいですけど、こいつは別に、馬鹿なだけで、悪い奴《やつ》じゃないんです。心底馬鹿ですけど」

　──入ってきた、一人の男子。

「蒼《そう》～！　僕のことフォローしてくれてるの⁉　さすが親友じゃ～ん！」

「うっせえ馬鹿！　ていうかそれより、この煙、とっととなんとかすんぞ！　後始末だ、後始末！」

——馬鹿、なんて言いつつ、蔑むような響きはなくて。気安いからこその言葉なんだとわかった。

ぶっきらぼうな言葉の下の優しさが見えるようで、こういう友達同士の関係って羨ましいな、と思ったし……素敵な人だな、と思った。

でも、どこかで見たことがあるような……。

そう考えていたとき、また別の、女の子の声が聞こえてくる。

「そうちゃん、私も手伝うよ～！」

「おお、一陽《かずひ》」

ドクン、と胸が高鳴る。

そうか……この人、昔見た、あの男の子だったんだわ。

何も知らずに素敵だと思った人が、過去に見たことのある男の子だった。

運命的な偶然にドキドキして、胸が熱くなった。にしても、なんて確率。……こういう運のよさも、チートっていうのかしら。異世界転生ボーナスの一環？

どうしよう、お話ししてみたい。けど、なんの用もなく話しかけたら、変な子だと思われちゃうかも……。

悩んだ挙句、声はかけられなかったのだけど。その後、一度だけ。行ってみたいと思っていた駄菓子屋で、偶然あの二人を見かけて。これはチャンスだと思い、声をかけてみた。

……あのとき実は、内心、かなり緊張していたの。

いきなり声をかけて迷惑じゃないかって、名前を知っていること、変に思われないかなって。

けれど杞憂《きゆう》で、二人とも、嫌な顔せずお話ししてくれて。……短い時間でも、とても、嬉《うれ》しかった。

けど、結局それっきりだった。

甘い炭酸で間接キスをする二人は微笑《ほほえ》ましくて、この二人の間に入るなんて、お邪魔になってしまうな、と思ったから。私は、遠くから見守っているだけで十分だと。

……そう、思っていたんだけど。

「何してんだ？」

それからもう少し時間が経《た》って、高校三年生の春。

屋上で、いつも通りパイプ椅子に座り一人で昼食をとっているところを、その人……晴丘《はるおか》君に見つかった。

「……私は、昼食をとっているだけよ。あなたこそ、どうしたの？　ここは本来立ち入り禁止よ」

「俺は、葉介《ようすけ》が通販で買った魔法のネックレスが、鴉《からす》に奪われたっていうから。探すために、先生に鍵借りて見にきてみたんだが……。本来立ち入り禁止な場所で、昼メシ食ってるのはいいのか？」

「私は、お父様を通して、先生から鍵を貰《もら》っているもの。……ちなみに、鴉《からす》というのは、あそこにいる子のことかしら」

屋上のフェンスの上。キラキラ光るネックレスをくわえた、一羽《わ》の鴉《からす》の姿が。

「おお、教えてくれてサンキュー。やっぱりこっちに飛んできてたか。……でも、下手に寄っていくと逃げられそうだな」

「………」

そこで、私は無言のまま魔法で強い風を起こし、鴉《からす》がくわえていたネックレスを、こちらに飛ばすようにしてみた。

私は飛んできたそれをキャッチすると、晴丘《はるおか》君に渡す。

「偶然、いい風が吹いてよかったわね。はい」

「お……？　お、おお」

今起きた現象に、困惑している様子の晴丘《はるおか》君。不自然だとは思っただろうけど、まさか魔法の力だなんて思わないだろう。

もうここに用はないはずなのに、晴丘《はるおか》君は立ち去らず、じっと私を見る。

「……涼夜《すずや》は、一人が好きなのか？」

「……別に、そういうわけじゃないわ」

ただ、一人でしかいられないだけだ。私は皆とは違う、この世界で異質な存在だから。

――だけど、彼は。晴丘《はるおか》君は。

「あー……俺、今から昼メシだから、もし嫌じゃなかったら、一緒に食わないか？」

まるで私の寂しさを、読み取ってくれたみたいに。ぎこちなく頭をかきながら、言ってくれたんだ。

「あ、男だけじゃないし。ちゃんと女子もいるから。俺の幼馴染《おさななじみ》の、天ヶ瀬《あまがせ》一陽《かずひ》っていうんだけど。優しい、いい奴《やつ》で……」

そのまま晴丘《はるおか》君は、無自覚にも一陽《かずひ》さんのいいところを羅列していった。仮にも女子の前で、他の女の子をこんなに褒めるなんて。自分では気づいていないのかもしれないけれど、この人、本当に天ヶ瀬《あまがせ》さんのことが大好きなんだなあ。なんて、微笑《ほほえ》ましくて自然と顔が綻んだ。

二人の間にお邪魔するのは悪いと思いつつ、「皆でお弁当」という誘惑に抗《あらが》えなかった。

……友達と一緒にお昼ごはん……ずっと、憧れていたことだ。

私が誘いを受けると、晴丘《はるおか》君は屋上に天ヶ瀬《あまがせ》さんと草間君を呼んできて。皆でお弁当を食べた。

「……晴丘《はるおか》君が食べているそれ、何？　おいしそうね……」

「あー、食ってみるか？　普通に商店街で売ってるやつだけど、ここのコロッケ、マジでうまいんだぜ」

そうして彼は、半分に割ったコロッケを私のお弁当の上に置いてくれた。横では晴丘《はるおか》君と草間君が、「蒼《そう》が弁当なのって珍しいねー」「ああ、この前母さんがあの肉屋に差し入れしたお返しに、コロッケいっぱい貰《もら》ったから」というようなことを話している。私は晴丘《はるおか》君に貰《もら》ったそれを一口かじる。

「……おいひい……っ！」

口の中でほどけてゆくじゃがいも、濃すぎず薄すぎない絶妙な味つけ。やみつきになりそうなおいしさだ。

でも、コロッケ自体ももちろんおいしいのだけど……きっと、皆と食べるから、おいしいんだと思う。

「はは。なんだよ涼夜《すずや》、うまそうに食うじゃやねえか」

「ふふ。涼夜《すずや》さん、コロッケとっても気に入ったんだね～」

……そうして次の日からも、晴丘《はるおか》君はちょくちょく、一人でいる私に、声をかけてくれて。私は次第に、皆の輪の中に、入っていけるようになって。

とても、とてもとても、嬉《うれ》しかったの。この世界に、生まれて初めてのお友達。大好きなお友達。

それから私は、晴丘《はるおか》君達《たち》と一緒の大学に進んだ。大学でも皆と仲良くして、こんな幸せな時間が、ずっと続いてくれればいいと思っていて。

その矢先に、天ヶ瀬《あまがせ》さんが事故に遭った。

──嘘《うそ》だ、と思った。

けど、嘘《うそ》なんかじゃない。天ヶ瀬《あまがせ》さんは病院のベッドに寝たまま、目を覚まさなかった。

助けたい。そう、強く願った。

そこで真っ先に思い浮かんだのは、自分自身の、魔法の力。

だけど、魔法で人間の命を救うのは、ほとんど禁忌の領域だ。

実際、魔法ですぐに人の生死を変えられるなら、自然界のバランスなんて簡単に壊れるし、大問題に発展するだろう。

だからこそ、人の命を救う魔法には条件があり、代償があり、複雑で厄介な手順を踏む必要がある。そうしなければ発動できない。そう……物事には、順序、ルールというものがあるものだから。

魔法で人の命を救う条件──それは。

「救われるのは、救われたいと願い、そのためにあがき、けして諦めない人間だけ。その意志を証明できる人間だけ」。

誰でも救えるわけではない──誰をも救うことができるわけでは、ない。

私が二人を救うためには、二人にとてつもなく厳しい試練を与え、乗り越えてもらい、絶対的な「諦めない意志」を示してもらう必要がある。

……この世界の理を壊すような真似《まね》をしてまで、個人の感情でたった一人の人間を救っていいのか。

魔法なんて使わなくても、医療が解決してくれるんじゃないか。

そもそも魔法の力でも、あの二人が試練に耐えられなかったら救えない。そうしたら、本当に試練という名の地獄を与えるだけになってしまう。

悩んだ。ひたすらに苦悩し懊悩《おうのう》した。踏み出すことに躊躇《ちゅうちょ》していた。それで結局、自然に目を覚ます可能性に賭けて、しばらくは見守るだけだった。……だけど。

病室で、晴丘《はるおか》君が天ヶ瀬《あまがせ》さんに指輪を贈っているのを偶然見かけて。

もう、駄目だった。どうしても救いたいと、どうあっても救われてほしいと、願ってしまった。

そうして、彼女を過去に送り出すことにしたのだ。

……あのとき天ヶ瀬《あまがせ》さんは、晴丘《はるおか》君の幸せだけを願って、自分の命は諦めてしまっていた。だけど、救われるためには本人も諦めない必要がある。……周りがいくら救いたいと願っても、本人の意志がなければ、どうすることもできないもの。

だから——本当に自分のことはいいのか、本当は晴丘《はるおか》君と、二人で幸せになりたいんじゃないのか。再確認するためにも、彼女には過去に戻ってもらった。

……その後は、天ヶ瀬《あまがせ》さんの意識を送り出した先で——天ヶ瀬《あまがせ》さんが、自分より私を晴丘《はるおか》君の相手として推した後で、今度は彼の想《おも》いを確認して。それでも彼は、天ヶ瀬《あまがせ》さんを救うことを選ぶのだという、決断を受け取って。

二人にとっての、私からの試練としての、ループが始まったのだ。

何度絶望的な目に遭っても、諦めずにいられるか。私からの、甘い毒のような誘惑に耐えられるか。

——奇跡を受けるに相応《ふさわ》しい人間なのか、試すための。

◇

「……これが、私側から見た物語。ここまでの経緯よ、晴丘《はるおか》君」

気がつくと、俺はひまわり畑の中に立っていた。

過去の、思い出の場所。だけどすぐに、これが現実ではないとわかる。ひまわり一つ一つは、水晶のような透明な光を纏《まと》っていて、周囲の空気にも、淡く煌《きら》めく靄《もや》がかかっている。

現実に似ているけれど現実じゃない——夢と現実の、狭間《はざま》の場所。

きっとここは、彼女の力で構成された場所なんだろう。

目の前には、声の主であり、たった今記憶を見せてくれた、彼女——涼夜《すずや》の姿。

「……私は。あなた達《たち》を、何度も何度も地獄に突き落とした。本当に、酷《ひど》いことをしたわ。それが魔法を使うための条件だったとはいえ……許してもらえるなんて、思わないけど——」

「い、いや……でも涼夜《すずや》は、俺達《おれたち》のために、やってくれたんだろ。これでもう、一陽《かずひ》は救われるっていうことなんだろ？」

「それは……ええ。あなた達《たち》が試練を乗り越えてくれたおかげで、私の魔法が発動できた。運命は改変され、天ヶ瀬《あまがせ》さんがもう悲惨な目に遭うことはない。彼女が助けた子どもも無事よ。……けど……だからって、私のしたことは……」

「待ってくれ。本当だな⁉　一陽《かずひ》は、助かるんだな⁉」

「え、ええ。それは、約束するわ」

「だったら！　……これで本当に、一陽《かずひ》が救われるなら。俺は、涼夜《すずや》に感謝するよ。……ありがとう、一陽《かずひ》を助けてくれて」

涼夜《すずや》は目を見開く。そんなことを言われるとは思っていなかったと、恨まれることを覚悟していたような目だ。

「……いいえ。天ヶ瀬《あまがせ》さんを助けられたのは、あなたが最後まで諦めなかったからよ。それに」

「それに？」

「……お礼を言いたいのは、私のほう。天ヶ瀬《あまがせ》さんは、私の大事なお友達だもの。

ループ中の事故や事件は、私の魔法での、私からの試練だったけど。

最初の事故は、本当に、ただの運命。本来ならあのまま……きっと、何年経《た》っても天ヶ瀬《あまがせ》さんは目を覚まさなかったと思う。……あなたが天ヶ瀬《あまがせ》さんを助けたいと願い、その想《おも》いを貫き通したから、私が力を貸すことができたの。私一人では、助けられなかった。……あなたのおかげなのよ、晴丘《はるおか》君」

澄んだ瞳で、まっすぐに見つめられる。なんだか落ち着かなくて、頬をかきながら目を逸《そ》らした。

「いや……。そんなふうに言ってもらえるのは、なんつーか、光栄？　なのかもしれないけど。実はその、魔法とか、涼夜《すずや》が魔法使いだとか、まだほとんど呑《の》み込《こ》めてなくてだな。実感が湧かないっつうか……」

異世界の、魔法という力。俺達《おれたち》をタイムリープさせ、ループさせた力。

細かい部分まで言及するなら、夏祭りのとき、射的でモンちゃんのぬいぐるみが不自然にとれたやつ、あれも多分涼夜《すずや》の仕業だったんだろう。

信じがたいけれど、間違いなく彼女は「魔法使い」なんだ。

「そうね……少し説明を、しておくと。天ヶ瀬《あまがせ》さんがタイムリープしていた間は、大学生の天《あま》ヶ瀬《がせ》さんの意識で上書きされていたから、もとの天ヶ瀬《あまがせ》さんにはその間の記憶は残らないわ。あなたがタイムリープ、そしてループしていた時間は、実はあれはタイムリープというより、私が試練のため幻のような世界をつくり、そこにあなた達《たち》を閉じ込めていたと言うほうが正しいの。だから晴丘《はるおか》君には、記憶が残ってしまうのだけど……」

語りながら、彼女の目もとに、自嘲の影が落ちる。

「……あの試練は、本当に、地獄だったでしょう」

なるべく平静に話そうとはしているようだが、声は微《かす》かに震えていた。

救うために必要不可欠だったとはいえ、本当はあんなことしたくなかったのだ、と痛いくらいに伝わってくる。

「……でも、ループの最中、涼夜《すずや》の存在には、結構救われたぜ。傍《そば》で支えてくれてさ」

彼女の中にある、罪の意識を少しでも払拭《ふっしょく》したくて、俺はそう言っていた。だが完全な嘘《うそ》ではない。疲弊しきり、絶望の中にいた俺の傍《そば》に、涼夜《すずや》はいてくれた。

「ま、今思えば、あれも試練であり、誘惑だったんだろうけどさ。演技派だよなー、さすがに心が揺れたぜ！」

あえて冗談めかし、明るく言う。笑い飛ばすことで、涼夜《すずや》が自分のしたことに、これ以上罪悪感を抱かないように。

「……あれは確かに、魔法を使うためには、必要な試練であり、あなた達《たち》の心を揺らすための誘惑だった。……けどね。私は、こうも思うの」

「え？」

「私の魔法で救うことができるのは、試練を乗り越えた、諦めなかった人間だけ。――けど、だからって、どうして、諦めてしまった人間を、責めることができるの。誰が責められるというの」

「……涼夜《すずや》？」

「絶対に折れない心で試練を乗り越えることは、確かに素晴らしいハッピーエンドだわ。……けど、絶望に耐えかねて別の道を選ぶことを、別の誰かの手をとることを、バッドエンドとは呼びたくない」

以前、彼女と映画の話をしていたときの言葉を思い出す。恋人を亡《な》くして別の人と結ばれたとき、それはハッピーエンドと呼べるのかと。

けして、間違った道ではないんだと思う。

逃げることも、諦めることも。本当は正解も不正解もない。数多《あまた》ある中の「一つの道」にすぎない。きっと他の誰かにとっては、それが幸福な結末となり得るのだろう。

ただ、俺が選んだ未来ではなかったというだけだ。

「……涼夜《すずや》……」

彼女は、二度の生を歩んでいる人だ。別の世界で命を落とし、今の世界で一人で生きてきた人だ。

きっと、俺には想像も及ばない、いろんなことを経験してきたはずだ。だからこそ、そんな言葉が出てくるんだろう。

「なんて……私が『人間』について語るなんて、おかしいかもしれないけれどね」

「なんでだ。おかしくなんてないだろ。正体がなんであろうと、涼夜《すずや》は涼夜《すずや》だ」

彼女は一瞬目を見開き、けれど……俺ならそう言うと思っていた、というように破顔する。

「……ねえ、晴丘《はるおか》君。私ね。これまで、自分のことを人間と言っていいのか、正直わからなかった。自分はこの世界の、他の人達《ひとたち》と違うんだって。怖くて寂しくなったときもあった。ずっと友達ができなかったのは、そんな思いが、私に壁をつくってしまっていたのかもしれない。でもね」

晴れやかな顔。夏の空を通り抜けてゆく、涼やかな風のような。

「これでもう私、この世界の皆と同じ、ただの人間になるの」

「ただの人間に、なる？」

「魔法で人の命を救った、代償として。私はもう、魔法を使えなくなる」

「!?」

驚き、一瞬硬直した。さらりと言われたが、かなり大ごとなんじゃないだろうか。

「な、なんで……俺達《おれたち》の試練が代償なんじゃないのか？」

「試練は試練。代償は代償よ。救われる側が覚悟を見せる必要があるように、救う側にだって覚悟が必要なの。……それくらい、人の命を救い運命を変えるという魔法は、特別なもの……かぎりなく禁忌に近いものよ」

「それって……すごく、でかい代償なんじゃないのかよ」

「今まで持っていた力を、すべて失うことになるわけだからね。正直、不安もある。……けど」

彼女の表情に後悔はなく、明るい。曇りのない顔だ。

「それでも私は、あなた達《たち》を助けたかった。――その結果、代償として力を失うのであっても。これが、私の選んだ道なのよ」

美しく微笑《ほほえ》んでいた彼女――だけど。ふいに、その顔が潤み出す。

「……ただね、晴丘《はるおか》君。私も、私なりに、今までずっと、頑張った、から……」

彼女の手が、俺の服の裾を掴《つか》む。

白い手が震えている。まるで、迷子になっていた幼い子どものように。

「もう、泣いても、いいのかしら」

その言葉で、彼女の中にある感情全部――とまでは言わないけれど。欠片《かけら》くらいは、察することができたから。俺は頷《うなず》いた。

「――ああ。いくらでも」

「……っ」

途端、堰《せき》を切ったように、彼女は泣き出す。

「……こ、怖かった。私、怖かったの。あなたがループしている間、ずっと怖かったわ。あなた達《たち》の心が、本当に壊れてしまったらどうしようって。ここまでして何も救えなかったらどうしようって。少しでも間違えたら、本当にただあなた達《たち》に地獄を味わわせるだけになってしまうって。あなた達《たち》をちゃんと幸せにできるのか、とても怖かった。でも、私だって、あなた達《たち》のことが大好きだから。だから、頑張ったの。私、辛《つら》かったけど、頑張ったのよ」

「ああ。ありがとう、涼夜《すずや》」

「で、でもっ。わ、私は、あなた達《たち》を、とても、とても酷《ひど》い目に遭わせたわ……」

「違うよ。ずっと、俺達《おれたち》を助けようとしてくれてたんだろ。……俺も、全然何もわかってなくて、ループ中は正体がわからず恨んだりもして……ごめん。涼夜《すずや》は何も悪くないよ」

「そう……よ。私、あなた達《たち》に、助かって、ほしくて。でも、どんなに苦しくても、相手の幸せを願うあなた達《たち》のことが、羨ましくて……。それでもやっぱり、あなた達《たち》が好きで……好きだから……っ。……本当に、よかった……！」

今ここにいる俺は高校生で、彼女は大学生。年の差があるはずなのに、子どものように泣きじゃくるから。どうしたらいいんだろう、と考え、俺は彼女の頭を撫《な》でていた。彼女は俺の胸で泣き続ける。

——涼夜《すずや》。ループの始まりのとき、君は言ったな。『消えない泡なんて、見たことがあるんですか？』と。

確かに、消えない泡なんてないんだろう。

けどな。人間は泡なんてものじゃない。

だから、そんな簡単に、消えてなんてやらないんだよ。

……やがて、どのくらい、そうしていただろう。ここが現実味のない、淡い煌《きら》めきの揺れる空間ということもあり、まるで時間が止まっていたかのようだったが。

彼女は恐怖と悲しみを流しきったようで。呼吸を整えながら、涙に洗われた顔を上げる。

同時に、この空間が、揺らいでいるのがわかった。もう、この場所での会話も終わる。彼女の力が、失われているんだろう。彼女は「魔法使い」から、ただの人間になる。……いや。

目の前で、友達のために泣いて、目を腫らしている彼女は。ただの優しい、一人の女の子だ。

「……晴丘《はるおか》君。最後に、一つだけ。あなたをループさせていたのは、あなたからしたら、未来の私よ。高校生の私は、このことに関して何も知らないわ」

「ああ」

「何も知らない……けど。高校生の私も、あなた達《たち》のことが、大好きなの」

「……ああ」

「だから、もしよかったら……。また、お友達になってくれると、嬉《うれ》しい」

「何言ってんだ」

この空間が、終わる。大学生の涼夜《すずや》と、高校生の俺は、別れる。それぞれの、元の時間に戻るんだ、と。言われなくても直感的に理解した。

ループも、タイムリープも、もう終わり。俺は、本来俺のいた場所に帰る。

だから、別れる最後の瞬間。俺はビシッと親指を立て、にっと笑って言った。

なんともありふれた、お約束な台詞《せりふ》。だけどまあ、ハッピーエンドには、このくらいのベタさがお似合いだろう？

「友達になるも何も。俺達《おれたち》、とっくにもう友達だぜ、涼夜《すずや》！」

彼女は悲劇を経験していた。

そう。異世界で若くして死ぬという悲劇を。

彼女は魔法の力を持ったまま、この世界に生まれ直した存在だった。

これは、結末の話だ。

俺のせいで――俺達《おれたち》を救うために、彼女は持っていた自分の力を、すべてを失った。

だけど。

彼女は、とても、幸せそうだった。

◇

気がつくと、俺は自分の部屋、ベッドの上にいた。

スマホで年月を確認する。……そもそも、スマホが高一のとき使っていたものだから、その時点でわかったが。

俺は、元の時間に——高校一年生だったときに、戻ってきた。

日付としては、あの夏祭りの日の、深夜だ。

俺の様子を見に部屋にやってきた親から聞いた話によると。俺は一陽《かずひ》と公園にいたとき、突然気を失ってしまったのだという。一陽《かずひ》が俺の親に連絡して、父さんが俺を運んでくれたのだ。両親はとても心配してくれていて、もう少し目を覚まさなかったら救急車を呼ぼうかと思っていたのだという。俺は、「ちょっと暑さと人混みにやられただけ」と大丈夫アピールをしておいた。

本当はすぐに家を飛び出して一陽《かずひ》のもとへ行きたかったが、体が重く、うまく動かなかった。よくわからないけど、魔法の反動、というやつなのかもしれない。ついさっきまで、俺の精神はここにはなかったのだから。

だから結局、その夜はそのまま眠ってしまって。

朝になると、昨晩よりはだいぶ体が動いた。まだ軋《きし》むように痛かったけれど——そんなことより、大事なことがある。

目を覚ました俺は、着替えてすぐ、家を出る。夏空の下に飛び出る。すると。

家の前。青い、青い空の下に、一陽《かずひ》が立っていた。

俺のよく知る、高校一年生の、一陽《かずひ》。

「そうちゃん」

一陽《かずひ》が、俺を見て、俺の名を呼ぶ。

ただそれだけの、なんでもないことが。

どうしようもなく嬉《うれ》しくて、たまらなく愛おしい。

「そうちゃん、あのね。私、昨日までのこと、全然、何も覚えてなくて……。ちょっと混乱してるの。……でもね、今、そうちゃんの顔を見て……なんとなく、わかったんだ。

そうちゃんが、何かを今まで、すごくすごく、頑張ってくれてたんだって……わかるの。

……もしかして、私達《わたしたち》が今、こうして話していられるのは……奇跡みたいなことなんじゃないか、って……」

タイムリープが終わった今、高校一年生の一陽《かずひ》に、未来の一陽《かずひ》の記憶はない。

それでも一陽《かずひ》の眼差《まなざ》しは優しく、陽だまりみたいに俺を包んでくれる。

「……そうちゃん……」

その目から、涙が流れる。

何度となく見てきた、一陽《かずひ》の泣き顔。……でも。

今の一陽《かずひ》は、泣きながら、確かに、笑っている。

笑って、いるんだ。

「あ、あれ？　私、どうして泣いてるんだろう。おかしいよね。……ご、ごめんね。変なの。なんだか、涙が止まらないの。……でも、でもね、これは、悲しくて泣いてるんじゃないんだよ」

「……うん。わかるよ」

だって、俺だって同じように、目から溢《あふ》れ出《で》るものを止められない。

ぼたぼたと、目から零《こぼ》れ落《お》ちるものが、地面に染《し》みをつくる。けれど、そんなことどうだっていい。下なんか向かないから。互いに、目の前にいる愛《いと》しい人しか見ることができないから。涙の膜の向こうに見える世界と相手が、何より美しくて目が離せないから。嬉《うれ》しくて、嬉《うれ》しくて、頭の中が真っ白な光で満たされてゆくから──

「う、うれ、しい。そうちゃんと、一緒にいられて、すごく……すごく、嬉《うれ》しいよぉぉ」

「……俺も。俺も、だ。一陽《かずひ》」

たまらなくなって、一陽《かずひ》を抱きしめる。恥も外聞もなく、二度と離さないというように。強く、強く。

「う、うわあああああん。そ、そうちゃん。……わ、私、ほんとに、本当に、嬉《うれ》しくて……嬉《うれ》しくて……っ！」

「うん。……うん」

ずっとこうしたかった。ずっとこうしていたかった。

これからは、ずっとこうしていられる。

「俺も、おまえがいてくれて嬉《うれ》しいよ、一陽《かずひ》」

この結末に、ハッピーエンドという名前を

余談という名の後日談を少し語ろう。

「あっ、蒼《そう》〜！　急に倒れたとか、体調大丈夫なの⁉　って思ったけど、なんだよ元気そうじゃ〜んよかった〜！」

夏祭りから数日後、まだ夏休みの真っ最中。

祭りの夜、俺が突然倒れたという話を一陽《かずひ》から聞いた葉介《ようすけ》と涼夜《すずや》が、お見舞いという名目でうちに遊びに来ていた。

「何々？　倒れたって魔王の呪い⁉　解呪の儀式なら僕に任せて！　そうそう、今日もお見舞いとして、通販で買った妖精の羽を……」

いつも通り高いテンションで、ずかずかと俺の部屋に入り込み、陽気に近づいてくる葉介《ようすけ》。

俺はそんな葉介《ようすけ》を、ぶん殴る。

「いったあ⁉　突然なんなの⁉　ご乱心⁉」

「気にするな、ちょっとした八つ当たりだ」

「八つ当たりなの⁉　これって僕、怒ってもいいところなのでは⁉」

「てめえ……マジ、クソまぎらわしい真似《まね》しやがって……とんでもねえぬか喜びだったじゃねえか！」

「えっなんの話かわかんないけどなんか怖い！　ごめんなさい！」

ループの最中に一度希望を抱いた、葉介《ようすけ》が一陽《かずひ》にやった「悪魔に願いを叶《かな》えてもらえる石」。あれこそがループの原因かと、一度は大きな期待を抱いてしまったというのに。実際はまったく、本当になんでもない、ただのガラクタだったというわけだ。

「騙《だま》された……マジで罠《わな》だったぜ……くっそ……」

「えっ何々なんの話⁉　騙《だま》されたとか罠《わな》とか⁉　もしかして僕、知らないうちに何かすごいミスリードをしていたわけ⁉　僕ってば、天才黒魔術師にしてトリックスター⁉」

「うっせえわ！　何が天才黒魔術師だ！」

「あー蒼《そう》ってば信じてないー！　そりゃあ今の僕には、まだ魔法は使えないけど！　でも、魔法使いは実在するんだよー‼　僕、信じてるもん！」

「…………」

それを言われてしまうと、黙るしかない。だって同じ部屋の中に、当の本人がいるわけなんだから。

俺はちらりと、涼夜《すずや》のほうを見る。目が合ったが、涼夜《すずや》は微笑を浮かべたまま、特に表情を変えることはなかった。

「ほら蒼《そう》、小三のときの夏休み、覚えてる？　異世界から来た魔法使いがいるって噂《うわさ》を聞いたからさ。探し出そうとしたんだけどー、前日、お姉ちゃんがいっぱいかき氷作ってくれてさー。おかわりしまくってたら、次の日おなか壊しちゃって。

ま、結局蒼《そう》と一陽《かずひ》ちゃんも見つけらんなかったって言うし、やっぱそれだけの情報で探し当てるなんて無理だったのかもねー、あはは！」

……これ、今ここに本人がいるとか、マジ何も知らずに喋《しゃべ》ってんだよな。天然恐るべし。

「まー蒼《そう》、普通の夏バテかもしんないし、ゆっくり休みなよね～。呪いとかならともかく、普通の体調不良に関しては、僕、どうにもできないからさあ」

「呪いだとしてもおまえにゃどうにもできねえだろ。……あー、まあ、俺、大丈夫だから」

一息吐《ひといきつ》いて、一旦間を置く。

そうして部屋の中にいる、一陽《かずひ》、涼夜《すずや》、葉介《ようすけ》。それぞれを見ながら、言った。

「――だから、またこの四人で、どっか行こうぜ」

外には青空がひろがっていて、蟬《せみ》が鳴いている。

ありふれた夏の、ありふれた言葉。

「うん。また、皆で遊びに行きたいね！」

「いいねいいね！　僕、今度は幽霊を探しに行きたい！」

俺の言葉に、微笑《ほほえ》む一陽《かずひ》と、ノリノリで親指を立てる葉介《ようすけ》。

そしてそんな中、一人、少しだけ戸惑いをみせていた涼夜《すずや》に。俺は、更に語りかける。

「涼夜《すずや》も。……別に変に気ぃ回してくれなくていいから、今度は皆で、ちゃんと、遊ぼう」

あの夏祭りでは、涼夜《すずや》は遠慮してすぐにはぐれてしまったから。次こそ、ちゃんと。

だって今は、せっかくの夏休みなんだから。

「友達と楽しく過ごす夏休みってのは、最高だろ？」

開け放されたままの窓から夏風が入り込んで、彼女の黒髪を揺らす。見開かれていた彼女の目が、柔らかく細まる。

涼夜《すずや》は、ゆっくりと微笑《ほほえ》んだ。心から嬉《うれ》しそうな、どこか、あどけない笑顔で。

恋人の欲目もあって、俺には一陽《かずひ》の笑顔が一番なんだけど。——その顔は俺の目に、世界で二番目に素敵な笑顔として、美しく、焼きついた。

「……ええ。最高ね」

◇

あの青い空とあいつの笑顔が忘れられなかった。

——そして、この青い空と笑顔も、きっと忘れられないものになる。

「ああ……今ならわかる。これが、どんなに尊いかって……」

今、俺達《おれたち》がいるのは、幼い頃来た、あの場所。

そう──夏の代名詞、ひまわり畑である。

「夏！　青空！　ひまわり畑！　麦わら帽子に白いワンピースの幼馴染《おさななじみ》！　できすぎてるぜ……。エモい！　そうだ、エモいってのはこういうことだよ……！」

「そ、そうなのかなあ……。エモい、ってそうなの……？」

涼夜《すずや》と葉介《ようすけ》とは、また別の日に、別の場所に遊びに行く約束をしている。

今日は一陽《かずひ》と二人きり。照れるけどはっきり言おう、デートである。

俺の熱烈なリクエストに応えて、今日の一陽《かずひ》は白いワンピースに麦わら帽子という完璧な姿。

衣装、というのは数多《あまた》あるものだ。メイド服。巫女《みこ》服。スク水。ゴスロリ。エプロン。バニー。どれも素晴らしい。それはわかる。けど。わかっているうえで言わせてもらおう。

白いワンピースに麦わら帽子は、最高だ！

「あ、あんまり見られると、恥ずかしいよぉ……」

「そうか、恥ずかしいか」

「う、うん。恥ずかしい」

「そこがまたいい！　恥ずかしがってる白ワンピースの幼馴染《おさななじみ》、最高！」

「も、もおぉ、そうちゃんのばかぁ！」

ガッツポーズの俺と、顔を真っ赤にする一陽《かずひ》。うーむ、我ながら甘酸《あまず》っぱいやりとりだぜ。

こういうのは本来性に合わない、けど……。

「まー、ちょっとくらいなら、こういうのもいいよな。……恋人同士なんだし」

「………………ふえっ？」

「あ？」

「え、あの……恋人同士って、その……私と、そうちゃんが？」

「他に誰がいるんだよ」

「えっ、い、いや、いないけどっ、ああああのそのっ」

湯気が出そうなくらい赤面したまま、大袈裟《おおげさ》なほどあたふたする一陽《かずひ》。いやいや、そんな反応されると、こっちまで体温が上がってくるんだが。

「なんだよ……恋人同士だろ。今更照れることねーだろ」

「そ……そう、なの？　こ、恋人？」

「そ、そうだよ。そうだろ！」

「そうちゃん……わ、私のこと、好き、なの……？」

「………………」

正直、今更何言ってんだ？　と思ったが。ふと、よく考えてみる。

俺が祭りの夜に告白した――あのときの一陽《かずひ》は、未来からタイムリープしていた「大学生の一陽《かずひ》」だった。

今、俺の目の前にいるのは、俺がしたことをぼんやりとは察していても、詳しい記憶は何もない「現在の一陽《かずひ》」だ。

――もしかして、俺が「現在の一陽《かずひ》」に告白するのって、初めてなのでは？

「あああああああああああああああっ！」

「どっ、どうしたの、そうちゃん⁉」

「マジかよ！　いやいや、やり直し！　やり直しさせろ！」

「や、やり直し？」

いくらなんでも、こんな恋人宣言はあんまりだろ。今の一陽《かずひ》にとっては初めてになるんだし、もっとちゃんと言うべきだろ！

「一陽《かずひ》！」

勢いのまま、俺は一陽《かずひ》の手をとる。

「わっ、は、はいっ」

「あ、そ、その、だな」

あらためて向き合うと、めっちゃ照れる。もともと、甘い雰囲気とか得意なほうじゃないし。

どうすりゃいいんだよ、おい！

「い、今から、ちゃんと言うから」

「う、うん？」

宣言してどうする！　余計照れるし、緊張するわ！

「俺は」

やばい。心臓がドックンドックンいっている。言葉自体は前にも何度も口にしたことがあるとはいえ、この一陽《かずひ》に言うのは初めてだと思うと、妙に体が熱くなる。

何度か深呼吸をして気持ちを落ち着かせ……ようとするものの、まったく落ち着かず。顔が熱くなってめちゃくちゃ目を逸《そ》らしてしまいたくなったんだが、「頑張れ！　頑張れ俺！」と必死に自分を励ましまくって、まっすぐに一陽《かずひ》の目を見つめた。……なんか、初めて告白するときよりドキドキしてねえ？　ああ、ともかく、言う、言うぞ。どう言えばいいんだ⁉

「俺は、一陽《かずひ》のことが、好きだ」

結局出てきたのは、なんの捻《ひね》りもない言葉。面白みの欠片《かけら》もねえ。いや、告白に面白みなんかいらんだろうけど。

「……うん」

俺の言葉に、一陽《かずひ》は。

ひまわりが咲くみたいに、笑った。

まるで、夏を丸ごと閉じ込めたような——俺の好きな、あの笑顔。

「私も。私も、誰よりそうちゃんのことが、大好きだよっ！」

「…………っ！」

なんか、もう、無理。言葉が出てこない。

「……な、な、何、笑ってんだよっ」

結局、とうとう一陽《かずひ》の顔を直視できなくなって顔を逸《そ》らしてしまった。大好きな笑顔なのにね！　こっぱずかしくて無駄に素っ気ない態度をとってしまうよね！　ツンデレが可愛《かわい》いのは女子だけだっつうのに！

「な、何って、嬉《うれ》しいから……とってもとっても、幸せだから、笑ってるんだよ！　……駄目、かな？」

駄目なわけない。可愛《かわい》い。最高に可愛《かわい》い。脳が溶けそう。たすけて。

もう完全に、色ボケしまくっている。目の前の景色だけじゃなく、頭の中もお花畑だ。

「駄目なわけねーだろ！　駄目じゃねえよ、いいよ！　最高だよ！　ずーっとそのまま、一生笑ってろ馬鹿！」

脳内に幸せ物質がぶしゃぶしゃ溢《あふ》れ出《で》すぎていて、もはや逆ギレのように、一陽《かずひ》を抱き上げる。意味などない！　単なる勢いだ！

「あははっ」

楽しそうに笑う一陽《かずひ》を抱えたまま、無駄にくるくると回ってみせた。なんというバカップル。周囲に人がいないからいいものの、知り合いにでも見られていたら恥ずかしくて死ぬレベル。

──だけど。あんな運命を乗り越えたんだから、このくらい浮かれたっていいだろ？

「……ねえ、そうちゃん。今、幸せ？」

ふと。俺に抱き上げられたままの一陽《かずひ》が、小首を傾《かし》げ尋ねてきた。

「あ？　なんで、んなこと聞くんだ？」

「なんとなく……気になったの。私はいつだって、そうちゃんに幸せでいてほしいから」

じっ、とこちらを覗《のぞ》き込《こ》んでくる一陽《かずひ》は、真剣な顔をしていた。まっすぐにこちらを見つめ、少し不安そうに揺れる瞳。

でも、真剣だからこそ、馬鹿馬鹿しかった。ていうかあんま顔寄せんなよ近いよキスするぞこのやろう。

「ばーか。何、今更んなこと聞いてんだよ」

そうだ、本当に馬鹿馬鹿しい。そんな質問、答えなんて、決まりきってるじゃねえか。

にっと歯を見せて笑ってやれば、一陽《かずひ》も笑う。そうして俺は、心からの気持ちを、正直に口にした。

「俺は、世界で一番幸せだ！」

世界で一番大切な女の子が、この腕の中で、笑っていてくれるのだから。

あとがき

デビュー作がデスゲーム系サスペンスで、前作が恋人《こいびと》を病気で亡《な》くした話でした。ようは人が死ぬ話ばかり書いてきました。

胸がぎゅっと締《し》め付《つ》けられるような切ない話が好きですし、書きたいと思っています。これまでの作品もすべて必死に作り上げた、私にとって愛《いと》しい物語です。一方で、「泣ける物語にするためには、誰《だれ》かを死なせる必要があるのだろうか」と思ったりするときもあります。

そんなわけで今作は、「ハッピーエンドとは何か」みたいなことを考えながら書きました。試行錯誤《しこうさくご》しましたが全力をこめましたので、お気に召《め》していただければ幸いです。

個人的には、当事者が最終的に前を向いていれば、どんな結末であれ、それはハッピーエンドだと思っています。


さて、謝辞を。

今作から担当していただいた、担当様。とても丁寧《ていねい》に原稿《げんこう》を読んでくださって、的確にご指導くださり、感謝の念に堪《た》えません。誠《まこと》にありがとうございます。

イラストレーターのAちき様。前作に引き続き、今作でも描《か》いていただけて嬉《うれ》しいです。前作では美麗《びれい》な表紙をありがとうございました。今作のイラストはまだ拝見していませんが、きっと素敵《すてき》なものになるんだろうなあとワクワクしております。

他、最初に拾い上げていただいた担当様。前作でお世話になった担当様。校閲《こうえつ》様。デザイナー様。書店様や販売店《はんばいてん》様。この本にかかわってくださったすべての方々。家族。親戚《しんせき》。友人達。前作の発売時、SNS等で感想を書いてくださったり、応援《おうえん》してくださったりした方々。皆様、本当にありがとうございます。

そして、この本を読んでくださった、読者様。

数ある本の中からお手にとっていただいたこと、ここまで読んでいただいたこと。とても光栄で幸せです。

本当に、本当に、ありがとうございました！

神田《かんだ》夏生《なつみ》

◉神田夏生著作リスト

「狂気の沙汰もアイ次第」（電撃文庫）
「狂気の沙汰もアイ次第　ループ」（同）
「君がいた美しい世界と、君のいない美しい世界のこと」（同）
「君を失いたくない僕と、僕の幸せを願う君」（同）
「お点前頂戴いたします　泡沫亭あやかし茶の湯」（メディアワークス文庫）

本書に対するご意見、ご感想をお寄せください。

ファンレターあて先
〒 102-8177　東京都千代田区富士見 2-13-3
電撃文庫編集部
「神田夏生先生」係
「Aちき先生」係

本書は書き下ろしです。

電撃文庫

君《きみ》を失《うしな》いたくない僕《ぼく》と、僕《ぼく》の幸《しあわ》せを願《ねが》う君《きみ》

神田夏生《かんだなつみ》

2020年１月10日　初版発行

発行者　郡司 聡
発行　株式会社KADOKAWA
〒102-8177　東京都千代田区富士見2-13-3
0570-06-4008（ナビダイヤル）
装丁者　荻窪裕司（META＋MANIERA）
印刷　株式会社暁印刷
製本　株式会社ビルディング・ブックセンター

ISBN978-4-04-912894-9　C0193　Printed in Japan

電撃文庫　https://dengekibunko.jp/

電撃文庫創刊に際して

文庫は、我が国にとどまらず、世界の書籍の流れのなかで〝小さな巨人〟としての地位を築いてきた。古今東西の名著を、廉価で手に入りやすい形で提供してきたからこそ、人は文庫を自分の師として、また青春の想い出として、語りついできたのである。

その源を、文化的にはドイツのレクラム文庫に求めるにせよ、規模の上でイギリスのペンギンブックスに求めるにせよ、いま文庫は知識人の層の多様化に従って、ますますその意義を大きくしていると言ってよい。

文庫出版の意味するものは、激動の現代のみならず将来にわたって、大きくなることはあっても、小さくなることはないだろう。

「電撃文庫」は、そのように多様化した対象に応え、歴史に耐えうる作品を収録するのはもちろん、新しい世紀を迎えるにあたって、既成の枠をこえる新鮮で強烈なアイ・オープナーたりたい。

その特異さ故に、この存在は、かつて文庫がはじめて出版世界に登場したときと、同じ戸惑いを読書人に与えるかもしれない。

しかし、〈Changing Times,Changing Publishing〉時代は変わって、出版も変わる。時を重ねるなかで、精神の糧として、心の一隅を占めるものとして、次なる文化の担い手の若者たちに確かな評価を得られると信じて、ここに「電撃文庫」を出版する。

1993年6月10日
角川歴彦